조정래 대하소설

태백산맥

청소년판
7

조정래 대하소설

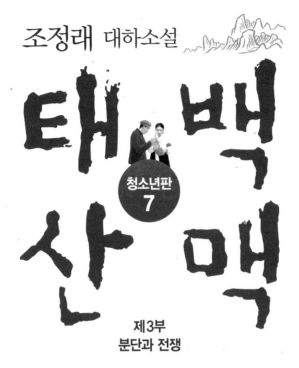

청소년판
7

태백산맥

제3부
분단과 전쟁

조호상 엮음 | 김재홍 그림

해냄

민족의 숙원, 평화통일의 길

'통일이 안 되고 이대로 살아도 상관없다.' 그 수가 해마다 조금씩 늘어 최근에는 24퍼센트가 되었다. 이건 대학생들을 상대로 한 여론조사의 결과이다. 나는 이런 현상을 보며 무척 당황스럽고 몹시 두려움을 느낀다. 이 땅의 대표적인 젊은 지식층의 네 명 중 한 명이 '굳이 통일할 필요가 없다.'고 생각하고 있으니 이게 어찌 된 일인가.

그 놀라움과 동시에 하나의 생각이 떠오른다. '그럼 청소년들은 어찌 생각하고 있을까!' 그러나 그 의문에 대한 응답은 없다. 왜냐하면 미성년자인 청소년들은 여론조사의 대상이 아니기 때문이다.

그러나 그 결과는 대충 짐작이 된다. 대학생들보다 그 비율이 높으면 높았지 낮지 않을 것이다. 청소년들은 대학생들에 비해 역사인식이 더 낮을 수밖에 없기 때문이다.

대학생들의 그런 반응은 꼭 그들만의 책임일 수는 없다. 국어와 역사 시간을 줄여 영어 시간을 늘리는 우리의 교육 문제부터 잘못되어 있는 탓이다. 역사 교육을 제대로 받지 못하고 있으니 우리 민족의 숙원이고 비원인 통일 문제마저 그렇게 소홀하게 여기게 된 것이다.

우리가 분단되어 서로를 적대시하고 살아가는 것만큼 큰 비극과 어리석음은 없다. 수천 년에 걸쳐서 한 민족으로 살아온 우리가 반으로 갈려 산다는 것은 허리를 반으로 잘려 사는 불구의 삶이나 다름없다. 반신불수의 삶, 그것처럼 큰 불행과 슬픔은 없다.

그 잘린 허리를 잇는 일, 그것이 소설 『태백산맥』을 통해서 하고 싶어 한 일이었다. 우리 한반도의 허리는 태백산맥이고, 그 '허리 잇기' 작업이 소설 『태백산맥』이라서 제목이 그렇게 정해졌다. 그 상징적 의미가 청소년 여러분에게 제대로 전해졌으면 좋겠다.

우리 한반도는 강대국들 사이에 끼어 있는 작은 땅이다. 그래서 우리 민족은 영원히 약소민족일 수밖에 없다. 그것은 우리의 힘으로는 피할 수 없는 일이기 때문에 우리의 운명인 것이고, 숙명이다. 그것처럼 슬프고 속상한 일도 없다. 그런데 우리가 남과 북으로 분단되어 있다는 것은 그 슬픔과 속상함을 더욱더 키우는 일이다. 우리가 약소민족으로서 그나마 좀 제대로 살아보려면 꼭 한 가지 방법밖에 없다. 그건 바로 통일이 되어야 하는 것이다. 통일이 되어야 불구의 삶을 면하는 동시에 우리의 힘이 커질 수 있기 때문이다.

청소년들은 너나없이 공부에 시달리느라고 소설을 읽을 시간이 없다. 그 잘못된 교육 제도를 일시에 뜯어고칠 수 없으니 조금이나마 시간 절약하며 쉽게 읽을 수 있도록 청소년판을 새로 꾸몄다. 아무쪼록 내일의 주인인 청소년들이 이 책을 벗 삼아 민족 통일의 필요성을 빠르게 인식하기를 간절히 바란다.

2016년 10월 22일

차례

제3부 분단과 전쟁

14

살아서 돌아온 그들

경찰이 떠난 다음 날, 안창민 부대는 보성군을 장악했다. 아직 인민군은 진주하지 않았지만 안창민네 군당은 도당의 지령에 따라 당 조직을 신속하게 만들었다. 읍·면마다 인민위원회를 주축으로 여성동맹위원회와 청년동맹위원회, 농민위원회를 결성했다. 안창민이 그날 바로 한 일은 전단 배포였다.

친애하는 보성군 인민 여러분, 노동자 농민이 주인 되는 인민 해방의 날은 마침내 오고야 말았습니다. 이 영광스러운 날을 얼마나 기다렸습니까. 이제 우리 인민은 미 제국주의 괴뢰정권인 이승만 도당의 압제로부터 해방되었으며, 지주와 자본가들의 착취로부터 해방되었습니다.

그러나 아직 해방을 완수한 것은 아닙니다. 지금도 인민군 전사들은 고귀한 피를 흘리며 인민 해방 전쟁을 수행하고 있습니다. 전사들이 고귀한 피를 흘려 찾은 해방된 땅에서 우리는 하나로 뭉쳐야 합니다. 그리고 완전한 승리를 위해 지원을 아끼지 말아야 합니다.

친애하는 인민 여러분, 질서를 지켜 주십시오. 개인적인 원한으로 보복 행위를 하는 일은 절대 용서되지 않습니다. 조선민주주의인민공화국의 법에 따라 모든 것을 당이 공정하게 처리할 것입니다. 그리고 당사업을 위한 여러 조직에 열성적으로 참여해 주십시오. 끝으로, 빠른 시일 안에 이승만 도당이 자행한 농지개혁을 무효화하고, 공화국 법에 따라 무상몰수 무상분배로 전면 새로 실시할 것임을 알려 드립니다.

그러나 자신들이 읍내로 들어오기 전에 벌써 보복 행위가 한바탕 회오리를 일으키고 지나갔다는 것을 안창민은 뒤늦게 알았다. 보도연맹 예비검속에서 피해를 입은 가족들이 경찰 가족이나 청년단 가족들에게 자행한 보복이었다. 하루의 치안 공백이 생기면서 발생한 어쩔 수 없는 사건이었다.

경찰이 읍내를 빠져나가자 예비검속 피해자 가족들은 뱀골재

산골짜기로 내달았다. 시체조차 찾지 못한 채 가슴을 쥐어뜯고 있던 그들로서는 당연한 일이었다. 그들은 눈물을 쏟으며 흙을 파헤쳤다. 얼마 가지 않아 속을 뒤집는 지독한 냄새가 풍겼다. 그들의 눈빛이 달라졌다. 그리고 더 빠르게 흙을 팠다. 시체 썩는 냄새는 갈수록 심해졌고, 곧 시체들이 드러났다. 시체들은 줄줄이 엮여 있었다. 그들의 눈빛은 또 달라졌다. 엮인 끈을 칼로 끊고 시체를 하나씩 들어냈다. 그들의 눈빛은 이미 사람의 눈빛이 아니었다. 시체들은 아흐레 동안 썩을 대로 썩어 얼굴을 알아볼 수 없었다. 여기저기서 시체를 찾은 사람들의 통곡이 터졌다. 시체를 알아볼 수 없는 여자들은 눈물 어린 눈을 씻고 또 씻어 가며 시체의 옷을 유심히 살폈다. 자기가 지은 옷의 박음질로 시체를 식별하려는 것이었다. 그러나 끝내 주인을 만나지 못한 시체가 남녀 30여 구였다. 남·녀를 나누어 합장할 도리밖에 없었다.

"우리가 이러고 있을 일이 아니오. 우리도 웬수를 갚읍시다!"

누군가가 부르짖었다.

"맞소! 우리가 당한 만치 갚으러 갑시다!"

그들은 시체를 파던 연장을 들고 읍내로 몰려갔다. 그리고 네댓 명씩 갈라져 경찰과 청년단원들의 집을 덮쳤다. 눈에 파란 불이 돋은 그들은 곡괭이로 찍고, 삽으로 내리쳤다. 그때까지 미적거리고 있던 경찰 가족이나 아예 피신하지 않은 청년단원 가족

들은 꼼짝없이 맞아 죽고 말았다. 염상구의 어머니 호산댁은 쌀을 퍼 가지고 큰아들네로 가는 바람에 위기를 넘겼다.

안창민은 그 끔찍한 보복 행위를 어떻게 다루어야 할지 난감했다. 예비검속 학살이 자행된 곳마다 똑같은 일이 벌어졌다. 괴로운 악순환이었다. 급한 것은 그런 일이 일어나지 못하게 단속하는 것이었다.

전단은 그 효과가 빠르게 나타났다. 젊은 층들이 인민위원회로 몰려들었으며, 사람들마다 새로 실시될 농지개혁을 화제로 삼았다. 정부 정책에 반감을 품고 있던 젊은 층들도 행동에 나섰다.

안창민네가 들어오자 머리꼭지가 하늘에 닿도록 기쁜 사람이 있었다. 강동기의 아내 남양댁이었다. 그동안 소식 한 조각 없던 남편이 산사람이 되어 돌아온 것이었다. 검게 탄 얼굴에, 누더기를 걸친 남편을 보고 남양댁은 허깨비를 보듯 멍하니 서 있기만 했다.

"나시, 나!"

남편이 이빨을 드러내고 웃으며 다가섰을 때야 남양댁은 울음이 울컥 솟았다.

"워메! 참말로 길자 아베구만이라잉."

"그간 고생이 많었제."

남편이 어깨를 감쌌다.

"지야……. 지야 무슨 고생이간디라."

"아그는 탈 없는가?"

"야아……."

주체할 수 없이 눈물이 솟았다.

"고만 우소. 죽어 못 돌아온 집안에 미안스런 일이시."

남편이 어깨를 감싼 팔을 풀며 말했다. 살아 돌아온 남편을 놓고 눈물 바람을 하는 것은 남편을 잃은 여자 앞에서는 배부른 호사일 것이었다.

"유 서방은 어찌 되었소?"

남양댁이 눈을 훔치며 물었다. 이웃으로 관심 쓸 사람이 우선 샘골댁 남편 유 서방이었다.

"유 서방…… 죽었네."

강동기의 목소리가 퉁명스러웠다.

"워메, 어쩔거나!"

남편을 그리도 원망하던 샘골댁 생각에 남양댁은 그만 절로 낙담이 되었다.

같은 시각에 하대치는 먼지만 자욱하게 내려앉은 소화네 마루에 걸터앉아 있었다.

"무당 동무가 얼마나 멀리 삼십육계를 쳤간디 이적지 안 온다냐. 새끼들 데리고 무슨 일이야 없겄제."

하대치는 말 상대라도 있는 양 말하며 토방을 내려섰다. 그리고 고개를 돌려 다시 집 안을 보았다. 먼지가 덮인 마루 끝에 자신이 앉았던 자리가 선명하게 찍혀 있었다. 그는 다시 토방으로 올라서서 무언가 잠시 생각하더니 먼지 위에 글씨를 썼다.

길남아 종남아 아부지가 왔다, 인민공화국 만세다.

하대치는 만족스러운 기분으로 울을 벗어났다. 이지숙에게 들어 몸을 피했다는 것은 알고 있었고, 아직 돌아왔을 것 같지 않은데도 행여나 하는 마음으로 발걸음을 했던 것이다.

보성군에 주둔할 인민군 2개 소대 병력은 사흘이 지나 모습을 드러냈다. 광주와 목포를 23일에 점령한 인민군 주력 부대는 그때 이미 곡성을 거쳐 구례에 이르러 섬진강을 끼고 하동 쪽으로 집결하고 있었다. 중동부 전선에서 밀고 내려오는 주력과 경남북을 협공하기 위해서였다.

인민군이 도착했을 때는 보성군 각 읍면에는 이미 인민위원회가 조직을 갖추고 있었다. 염상진이 도당 조직 부장으로 벌교에 나타난 것도 그날이었다. 그는 말끔하게 면도한 얼굴에 깨끗한 옷차림이었다.

남국민학교 운동장에서는 조선 인민 해방군 환영 대회 및 보성군 인민위원회 발족식이 열렸다. 각 읍면에서 모여든 조직원들에 구경꾼까지 넓은 운동장은 발 디딜 틈이 없었다. 읍면 별로 줄을 섰는데, 벌교읍 조직원들 속에는 안창민네의 소작인 다섯 사람, 들몰의 김종연·서인출·유동수가 들어 있었고, 회정리 3구의 김복동·마삼수 그리고 지삼봉도 눈에 띄었다.

"둘러선 사람들은 동원된 것이오?"

염상진이 안창민에게 낮게 물었다.

"아닙니다."

안창민이 앞을 바라본 채 대답했다. 염상진은 고개를 끄덕였다. 일손이 바쁜 농사철인데 동원 없이 사람들이 그만큼 모였다면 일단 만족이었다. 그러나 전체 인민의 지지와 호응을 얻으려면 해야 할 일이 너무 많았다. 그건 어쩌면 유격 투쟁보다 더 어려울지 모른다고 생각했다. 이승만 정권에 실망한 인민들의 기대가 그만큼 클 것이기 때문이었다.

조선인민공화국 만세, 인민 해방군 만세, 인민 해방 만세를 삼창하는 것으로 식이 끝났다.

"대장님, 안녕허신게라."

염상진이 간부들과 함께 교문 쪽으로 걷다가 고개를 돌렸다. 앳된 얼굴의 젊은이가 거수경례를 했다.

"아, 천점바구 동무!"

염상진의 목소리는 반가워하는 얼굴만큼 컸다.

"대장님, 몸은 성허신게라?"

"나는 괜찮소. 천 동무는 동상 다 나았소?"

염상진은 밝게 웃으며 존대를 썼다.

"야아, 땀 나면 좀 근지럽기는 혀도 다 나았구만이라."

"말린 쑥을 태워 날마다 그 연기를 쐬도록 하시오. 그래야 겨울이 돼도 도지질 않소."

"알겠구만이라. 근디 대장님이 우리 집에 좀 가셨으면 쓰겠는디요."

천점바구가 눈치를 살폈다.

"내가 천 동무집에?"

"야아, 저…… 생간을 잡수시게라."

"생간?"

"야아, 오늘 소를 잡는디 아부지가 대장님 드릴라고 딱 모셔 놓겄다고 혔구만이라."

"어쩐다, 그럴 시간이 없는데……."

염상진이 난감해진 얼굴로 중얼거렸다.

"원래 소 잡는 날은 모렌디 대장님이 오신다길래 아부지를 졸라서 오늘 잡기로 헌 것인디요."

천점바구는 울상이 되어 말했다. 그러나 염상진은 바로 간부회의를 해야 했고, 그 회의가 끝나는 대로 장흥군으로 넘어가야 했다.

"대장님이 거기까지 가실 시간이 없으니까 천 동무가 가져오는 것이 어떻겠소?"

옆에서 웃고 있던 안창민의 말이었다.

"야아, 맛은 좀 덜해도, 그리 허제라." 천점바구는 얼굴이 밝아지더니 "핑허니 댕겨오겠구만요." 하고는 뛰어갔다. 저 어린 나이에 살아남다니. 염상진은 멀어지는 천점바구를 지켜보며 가슴이 저려 왔다.

"거 아주 보기 됴은 감동적 장면입니다레."

이북 억양의 인민군 장교 말이었다.

"저 전사가 우리 군당에서 가장 어린데, 소원이 부장 동무 같은 사람이 되는 것이랍니다. 그래서 부장 동무의 직책이 어떻게 바뀌든 저 전사는 옛날 그대로 '대장님'이지요."

안창민의 설명이었다.

"하, 기래요? 기렇게 존경받는 부장 동무가 부럽구만요."

인민군 장교가 염상진을 보며 고개를 끄덕였다.

회의를 끝낸 염상진은 간부들과 함께 생간을 먹고 어머니를 뵈러 갔다.

"아이고 이 사람아, 자네를 보게 되니 상구가 또 떠나지 않았는가. 이내 팔자가 어찌 이 모양인지, 기가 막혀 못 살겠네웨."

큰절을 받고 난 어머니의 탄식 앞에서 염상진은 할 말을 잃었다. 열 손가락 깨물어 아프지 않은 손가락 없는 어머니에게 혁명의 논리나 해방의 당위성 같은 것은 허황한 말일 뿐이었다.

"어무님, 불효를 용서하십시요."

염상진은 고개를 들지 못하고 말했다.

"나헌테 효도허란 것이 아니여. 형제간에 원수같이 살지 말고 서로 얼굴 맞대고 사는 것 보는 것이 이 에미 소원이란 말시. 자네가 성인께로 상구 미워허지 마소. 핏줄이 먼저제 사상이 먼저드랑가?"

"제가 상구를 미워할 리 있나요."

염상진은 괴로움을 씹으며 대답했다.

"하면, 내가 배운 것 없네마는 세상 돌아가는 판세를 어찌 모르겠는가. 형제간에 그리 척지고 살게 된 것도 다 이 세상이 잘못 돌아가는 죄제."

"어무님, 오늘은 너무 바빠서 이만 뵙고, 또 오도록 하겠습니다."

"어이, 자네야 인제 나 혼자 자식이 아닌께로."

호산댁은 서운한 마음을 내색하지 않으며 먼저 일어섰다.

"인제 어디로 가는고?"

호산댁이 사립 앞에 멈춰 서며 물었다.

"아이들 잠깐 보고 장흥으로 갈 겁니다."

"잉, 아그들? 쪼깐 기다리소."

호산댁은 얼른 돌아서서 속곳에 달린 주머니에 손을 넣었다.

"요것 얼마 안 되는디, 아그들 과자라도 사 갖고 들어가."

호산댁이 꾸깃꾸깃한 돈을 내밀었다.

"어무님, 저한테도 있습니다."

염상진이 난감한 얼굴로 주춤 물러섰다.

"받어. 산에서 내려온 지 얼마나 됐다고."

"정말 있어요. 어무님 용돈이나 쓰세요."

"아니랑께, 이 에미 맘잉께 싸게 받어."

허리가 굽은 호산댁은 어느새 키 큰 아들에게 매달리듯 해서 바지 주머니에 돈을 쑤셔 넣었고, 그런 어머니를 내려다보는 염상진의 얼굴은 울 것처럼 일그러졌다.

집을 나온 염상진은 빨리 걸었다. 어무님, 제가 어찌 그 괴로운 심정을 모르겠습니까. 두 자식 사이에서 차마 못 당할 고초시지요. 저희 두 놈 다 천하의 불효자식입니다. 핏줄이 먼저지 사상이 먼저가 아니라는 말씀, 옳습니다. 어무님, 혁명에 몸 바친다고 해서 불효가 변명되지 않는다는 것을 잘 압니다. 혁명이 완수되면 그동안 못한 효도를 다하겠습니다. 어무님……

15

김범준의 귀향

　서울 거리에는 인민군의 진격을 알리는 벽보가 날마다 바뀌어 붙었다. 그 벽보에 남쪽의 지명들이 나올수록 서울의 식량난은 심각해졌다. 쌀이 바닥나기 시작할 계절인 데다가, 전쟁으로 인한 시장 파괴와 양쪽의 군량미 확보로 추궁기가 더 빨리 찾아왔다. 게다가 의용군 모집까지 겹쳐 우익 성향의 사람들에게 서울은 지옥이었다. 좌익들에게는 의용군은 '모집'이었고, 우익들에게는 '강제 징집'이었다.

　의용군에 기세 좋게 자원하는 사람이 있는가 하면 기를 쓰고 피하는 사람도 있었다. 김범우의 하숙집 학생들도 두 쪽으로 갈라졌다. 일곱 명 중 세 명이 자원해 떠났고, 한 명은 어딘가로 가

버리고, 다른 세 명은 다락방 신세를 지고 있었다. 그들은 서로 헤어지기 전에 인민 해방이니 기회주의니, 정의니 불의니, 짧은 지식을 동원해 가며 격렬하게 논쟁을 벌였다. 그리고 세 학생은 자기들이 옳다고 생각한 길을 기운차게 떠나갔다. 김범우는 그 주저 없는 행동을 신선하게 느끼면서도 그들이 떠나는 모습을 우울하게 지켜보았다. 너희가 만약 죽는다 해도 전쟁의 결과가 너희들의 선택과 죽음을 빛나게 할 수 있다면 좋겠구나. 하지만 너희들이 의용군으로 나가야 한다는 사실은 그만큼 병력 손실이 크다는 것이고, 전쟁이 쉽지 않다는 증거 아니냐. 그것은 미국이 참전했기 때문이다.

김범우 자신도 결정을 내려야 했다. 《해방일보》 건은 더 이상 미룰 수 없었다. 이학송은 자신이 허리를 다쳤다는 이유를 꾸며 대 신문사 근무 날짜를 8월 1일로 미루었다. 그런데 자신은 마음을 정하지 못한 채 그 기간을 다 까먹고 말았다.

그사이 손승호는 전주로 근무지를 옮기기로 했다. 점령지가 넓어짐에 따라 선전 활동의 균형을 잡기 위한 당의 정책으로 이동이 결정된 것이었다.

땅거미가 내릴 즈음에 이학송이 왔다. 손에는 소주병이 들려 있었다.

"전쟁 통에 무슨 술입니까?"

벌써 목이 간질거리면서도 김범우는 엇지르는 소리를 했다.

"술 마시는 건 반동 행위가 아닐까?"

이학송은 눈을 찡긋해 보였다.

"손승호도 올 때가 됐습니다. 술은 어디서 용케 구하셨군요."

"다 사람 사는 세상 아뇨?"

이학송이 방바닥에 몸을 부렸다.

"새로운 소식 없습니까?"

"한 가지 좋지 않은 소식이 있소. 미 지상군이 경남 일대를 발판으로 총반격을 개시할 거라는 소식이오."

이학송의 목소리가 무거웠다.

"그야 벌써부터 예상해 온 일 아닌가요?"

무슨 새삼스러운 소리냐는 듯 김범우가 이학송을 물끄러미 바라보았다.

"그렇긴 하지만 예상과 현실은 그 감이 다르지 않소. 그 정보가 확인되면서 경상도 점령이 늦어지는 것에 대한 비판이 일고 있는 눈치요."

"비판이라니요. 부산까지 다 점령한다고 전쟁에 완전히 이긴 걸까요? 그렇게 되면 미군은 거점을 제주도로 옮겨 반격하고, 제주도를 뺏기면 오끼나와로 옮겨 반격할 겁니다. 이 땅에서 물러가는 것은 소련한테 패하는 것인데 미국이 손을 떼겠습니까? 만약 그렇게 생각했다면 너무 큰 계산 착오지요."

"미국이 간단하지 않은 적인 것만은 사실이오."

이학송이 쩝쩝 입맛을 다셨다.

곧 손승호가 왔고, 주인아주머니한테 풋고추와 된장을 얻어 술자리를 폈다. 달랑 한 병인 소주와 볼품없는 안주였지만 그렇게 모여 앉은 것도 꽤나 오랜만이었다.

"술맛은 여전하군." 이학송은 소주의 독기를 콧등에 잡히는 주름살로 드러내고는 "그래, 김 형은 어쩌기로 했소?" 하며 김범우에게 눈길을 돌렸다.

김범우는 반쯤 남은 술을 입에 털어 넣었다. 어떤 대답이든 해야 할 시간이었다.

"이 선배님한테는 죄송하지만, 손 형을 따라 일단 서울을 떠날까 합니다."

김범우가 힘겹게 말했다. 손승호의 눈길이 김범우의 얼굴을 훑었고 이학송은 술잔만 내려다보고 있었다.

"김 형 생각이 그렇다면…… 어쩔 수 없는 일이오." 더디게 말을 한 이학송은 술잔을 비우고는 "길게 보면 김 형의 판단이 옳을지도 모르오. 김 형 판단대로 만약 이 전쟁이 여순 사건처럼 좌절하게 된다면, 우리 민족의 비극은 더 깊어질 거요."라고 가라앉은 소리로 말했다.

"이거 선배님 입장을 난처하게 해 드려서 어찌해야 할지……."

김범우가 방바닥에 시선을 떨어뜨린 채 말했다.

"아니오, 함께 일하고 싶은 내 욕심이었지, 신문사에는 병세가 악화되었다고 하면 그만이오."

이학송의 선선한 말에 김범우는 미안하고 면목 없었다.

"손 형은 왜 말이 없소?"

이학송이 손승호에게 잔을 건넸고, 손승호는 그저 웃기만 했다.

"손 형하고 함께 떠나자면 통행증이 필요한데, 손 형이 좀 구할 수 있겠소?"

이학송이 술을 따르며 물었다.

"장담할 수 없지만 알아봐야죠."

"통행증 없이 떠났다간 엉뚱하게 의용군 전사가 될지도 모르오." 이학송이 김범우를 보며 웃었고 "전사가 되면 학병 때 전투 경험이 발휘될 테니 일당백이지요 뭐." 손승호의 말이었다.

이학송이 소리 내서 웃었고, 김범우는 그 말에 든 가시를 느꼈다.

최서학이 속한 의용군 부대는 미군기의 폭격을 피해 밤에만 이동했다. 어두워지면 시작되는 행군은 다음 날 해가 뜰 무렵까지 줄기차게 이어졌다. 최서학은 비행기들이 그냥 지나쳐 갈 때마다 속으로 발을 굴렀다. 마음 같아서는 불을 켜서 공격 지점을 알려 주고 싶었다.

부대는 전주를 지나고 있었다. 자기네 부대가 구례를 거쳐 경상도로 치고 들어갈 괴뢰군 어느 사단에 투입될 거라고 예측하기는 어렵지 않았다.

최서학은 하숙집에 숨어 있다 발각되었다. 그는 반동으로 몰리지 않기 위해 의용군에 지원했고, 필동 일신국민학교 운동장으로 끌려갔다. 그때부터 줄기차게 탈출을 생각했다. 괴뢰군 놈들을 위해 싸우다니, 그건 치가 떨리는 일이었다.

아버지가 염상진에게 죽지 않았더라도 그는 공산주의를 인정할 수 없었다. 남다른 우월 의식을 가진 그로서는 공산주의나 사회주의 논리 자체를 혐오했다. 겨울이면 으레 머슴이 학교까지 업고 다녔고, 공부도 1등만 해 온 그로서는 인간은 평등하다는 논리가 도대체 허무맹랑하고 가당찮았다. 그가 확실하게 알고 있는 것은 인간은 태어날 때부터 그 종류가 다르고, 능력도 달라 절대 평등할 수 없다는 점이었다.

전쟁이 터지자 그는 당숙 집으로 달려갔다. 그러나 최익승은 이미 떠나고 없었다. 그는 절망감에 사로잡혀 한강으로 달려갔다. 사람들을 헤집고 다녔지만 당숙은 보이지 않았다. 나마저 괴뢰군 놈들 손에 죽어야 하다니……. 그는 모래밭에 주저앉아 넓은 강

물을 저주스럽게 노려보았다. 운동을 천하게 여긴 까닭에 그는 수영을 할 줄 몰랐다. 양효석이 부러운 마음으로 떠올랐다. 포목 장수 아들에 공부도 못하고 주먹이나 쓰는 양효석은 언제나 그의 밥이었다. 알아주는 주먹인 양효석을 밥으로 삼을 수 있다는 것이 그는 통쾌했다. 양효석이 육사를 지망했을 때 그를 경멸했다. 돌대가리 주먹 패다운 결정이었기 때문이다. 한강을 앞에 두고 그런 양효석이 부러워진 것이었다. 그는 궁리 끝에 하숙집으로 돌아가 몸을 숨겨 달라고 부탁했다. 같은 처지의 하숙생이 하나 더 있었다. 둘은 대청마루 밑을 파내고 숨었다. 하루 내내 쪼그리고 앉아서 지내다가 밤이 깊으면 나오고는 했다. 그날도 밤중에 대청에 앉아 자두를 먹고 있는데 내무서원들이 담을 넘어 들이닥쳤다. 둘 다 꼼짝없이 잡히고 말았다.

최서학은 탈출 계획을 감추기 위해 열심히 훈련을 받았다. 함께 훈련받은 수백 명의 사람들 중에는 자원한 자들이 많았다. 그들은 대부분 용산이나 영등포 쪽의 철공장이나 방직공장에 다니던 노동자들이었고, 인쇄공도 꽤 있었다. 그리고 동대문 밖이나 자하문 밖에서 온 농사꾼도 상당수였다. 그들이 자원한 것은 그렇다 치더라도 엉뚱하게 선생이 있는가 하면, 회사원과 기자도 있었다. 자원 이유도 가지각색이었다. 선생은 '양키 새끼들 꼴 보기 싫어서'였고, 회사원은 '이승만과 공무원들 없애기 위해서'였고,

기자는 '가망 없는 남한 사회에 환멸을 느껴서'였다. 최서학은 미친 새끼들이라고 속으로 욕을 퍼부었다.

부대는 마침내 곡성 근방을 지나고 있었다. 최서학은 온몸의 피가 얼어붙는 듯 긴장했다. 다지고 다져 온 탈출 계획을 실행할 지점에 다다라 있었다. 거기서 집까지는 그리 멀지 않았다. 최서학은 숨을 들이켰다. 죽기 아니면 살기라는 말이 바로 이런 것이구나 하는 생각에 몸이 부르르 떨렸다.

부대는 야산 옆을 지나고 있었다. 최서학은 총을 내던지고 산으로 뛰었다.

"도망간다, 도망!"

"저기, 저놈 잡아라!"

이런 외침이 어둠 속에 퍼졌다.

"어드메야, 빨랑 쫓으라우!"

"저쪽으로 뛰었어요."

네 개의 그림자가 산으로 뛰어갔고, 대열은 죽은 듯이 어둠 속에 앉아 있었다. 곧이어 여러 발의 총소리가 울렸다. 그리고 얼마쯤 지나 네 개의 그림자가 산속에서 나타났다.

"어드렇케 돼서?"

"사살했습니다."

"돼서, 출발하자요."

대열은 다시 어둠 속을 헤쳐가기 시작했다.

"선생님, 다 됐습니다."

전 원장이 마지막 반창고를 붙이고 허리를 펴며 말했다.

"더운데 수고하시었소."

서민영이 몸을 일으켰다. 괭이에 찍힌 발등에 쑥 가루를 뿌렸는데 더운 탓인지 덧나서 병원에 온 길이었다.

"안창민이 선생님을 찾아갔다는 소문을 들었는데요."

전 원장이 앉으며 물었다.

"예, 저보고 협조를 해 달라더군요. 나이 든 사람을 내세워 사람들에게 신뢰감을 주자는 뜻은 아는데, 제가 워낙 정치하고는 멀리 있는 사람이라 거절했지요."

"입장이 곤궁하셨겠습니다."

"사실이지요. 안창민이란 사람이 제 제자인 데다가 귀를 가진 사람이라 물러선 거지요."

"염상진이란 사람이 왔다면 어떻게 됐겠습니까?"

"그 사람이라도 아마 이해했을 겁니다. 안창민이 몸집이 좀 빈약해서 그렇지 어느 면에서는 염상진보다 날카로운 데가 있기도 합니다."

"안경 낀 눈이 예사롭지 않더군요. 더 두고 봐야겠지만 지금까지 하는 일은 어떻게 보십니까?"

"상할 만한 사람은 거의가 피한 탓도 있지만 우선 사람 죽는 일이 안 생기니까 살 것 같군요. 다른 지방은 어떤지 모르지만 여긴 여순 사건을 치른 데다 피할 여유가 있어서 끔찍한 일 또 안 보게 된 서시요. 안창민한테도 죄 있는 인명이라도 귀히 여길 줄 알아야 한다고 당부했지요."

"경찰이 예비검속 같은 일을 저질렀는데 그런 당부가 효과가 있겠습니까. 권 서장이 무슨 생각으로 저만 살려 줬는지 모르지만, 권 서장 아닌 다른 사람이었으면 저는 영락없이 죽었을 겁니다. 그랬을 때 제 아내나 자식이 보복 감정을 품는 것은 당연한 일 아니겠습니까. 그 사태가 벌어지고 지방마다 자자하게 일어난 원성이 그대로 보복으로 이어진 것 아닙니까?"

전 원장의 얼굴에 보기 드물게 핏기가 돌았다. 자기만 살고 간호원이 죽은 것을 생각하면 그는 늘 열이 솟았다.

"그런 앞뒤 없는 정치적 악순환이 무고한 대중들만 희생시키고 있으니 참으로 큰일입니다."

서민영이 한숨을 길게 쉬었다.

"저는 이번 일로 이승만 정권에 정이 다 떨어졌습니다. 인민 해방을 하겠다고 나선 김일성 정권도 신용할 수 없습니다. 미국식 정권, 소련식 정권을 하나씩 쥐고 서로 자기주장만 내세우며 사람들을 전쟁에 끌어내다 죽이고 있는 두 사람을 어떻게 믿겠습니까. 요즘 같아서는 도무지 살맛이 나지 않습니다."

"예, 저도 마찬가집니다. 그만 일어나겠습니다."

서민영이 걸터앉았던 진찰대에서 내려섰다.

병원을 나서 제재소 가까이에 이른 서민영은 걸음을 멈추었다. 저만치 앞에서 인민군 둘이 걸어오는데, 그 뒤를 사내아이들이 따라오고 있었다. 두 인민군 중 한 사람은 키가 컸고, 한 발짝쯤 뒤처져 따르고 있는 따발총 멘 사람은 보통 키였다. 아이들은 키 큰 사람에게 몰려 있었다. 그의 복색은 한눈에 보아도 사병과 달랐다. 어깨에 붙은 넓고 붉은 견장, 어깨에서 허리로 대각선을 긋고 있는 가죽띠, 권총에 바지를 타고 내린 붉은 줄, 윤기 도는 가죽 장화가 인민군 고급군관임을 나타내고 있었다. 아이들 눈에는 그 차림이 신기해 보였을 것이었다. 군관이 가까워지면서 서민영은, 아니 저 사람이…… 하고 놀랐고, 군관도 서민영 쪽으로 얼굴을 돌리면서 눈길이 마주쳤다.

"아니, 정말 자네가?"

서민영의 입에서 터져 나온 소리였고, 군관의 걸음이 뚝 멈췄다.

"아니, 서민영 선배님 아니십니까?"

군관이 서민영 앞으로 급히 다가왔다.

"아, 맞군, 범준이 자네가 맞아."

서민영의 목소리가 떨렸고, 두 사람이 손을 잡았다. 인민군 군관은 김범우의 형 김범준이었다.

"선배님, 이게 얼마 만입니까."

반가움이 넘쳐 나는 얼굴로 김범준은 서민영의 팔을 흔들었다.

"자네가 살아 있다니, 도무지 믿어지지 않는구먼."

서민영은 반가움으로 목이 메었다.

"다 죽은 줄 알았겠지요. 중국 생활을 작년에야 마쳤으니 어쩔 도리 없었지요."

"그래, 나하고 길게 끌 시간이 없네. 어서 가서 부친을 뵙게. 자네 생사를 몰라 부친께서 상심이 크셨네."

"어머님께 말씀 들었습니다."

"어머님은 뵀던가?"

"미리 연락을 드렸더니 광주까지 오시지 않았습니까."

"서울인들 안 가셨을라고. 어서 가 보게. 우리야 또 만나면 되지."

"그럼, 다시 뵙기로 하겠습니다."

김범준은 엷은 웃음을 떠올리고는 돌아섰다.

횡계다리로 접어들자 집이 건너다보였다. 긴 떠돎 속에서 꿈에 나타나곤 하던 집을 보자 아버지의 모습과 목소리가 함께 떠올랐다. "이 애비가 못하는 독립 일을 하겠다는데 어찌 막기야 하랴만……." 아버지는 자식이 겪을 고생을 아파했지만 말로 드러내지 않고 가슴에 묻었다. 긴 세월 저편의 기억이었다.

어디서 떨어졌는지 뒤따르던 아이들은 보이지 않았다.

고샅을 ㄱ자로 꺾어 돌면 바로 집이었다. 김범준은 가슴 가득 숨을 들이켰다.

돌 섞인 흙담을 지나는데 지짐이 부치는 냄새가 풍겨 왔다. 김범준은 대문을 들어섰다.

"어여 오르시게. 아부님 기운 빠지시겠네."

기쁨이 넘치는 얼굴로 이씨가 큰아들에게 다가와 손을 끌었다.

"어머님, 저 전사를 편히 좀 쉬게 해 주십시오."

김범준은 어머니에게 말하고는 "박 동무, 땀부터 씻고 편히 쉬시오."라고 병사에게 일렀다.

"알갔습네다."

병사가 힘 있게 대답했다.

김범준은 권총을 풀어 모자와 함께 기둥 옆에 놓고 대청마루로 올라섰다. 방 안으로 들어선 김범준은 고개를 드는 순간 멈칫하고 말았다. 아랫목에 앉아 계신 아버지는 상상했던 아버지가 아니었다. 아버지는 너무나 늙고 쇠진해 있었다.

"아버님, 제가 왔습니다."

그의 목소리가 메었다.

"그래······."

　큰아들을 올려다보는 김사용의 저승꽃 핀 얼굴이 잔물결로 떨렸다.

　"절 받으십시오."

　김범준이 큰절을 올렸다. 그 엎드림이 길었다.

　"너무 늦게 돌아온 불효를 용서하십시오."

　"그래, 청년으로 떠난 몸이 장년이 되어 돌아왔구나. 앉거라."

　"예, 아버님 건강이 좋아 보이질 않습니다."

　김범준이 무릎 꿇어 앉으며 조심스레 말했다. 아버지를 바라보는 그 눈길에 물기가 서렸다.

"걱정 말어라. 너를 다시 보도록끔 오래 산 나이가 아니냐."

김사용이 초췌한 얼굴에 웃음을 담았다.

"장자로서 뵐 면목이 없습니다."

"아니다. 니가 헛일한 것도 아니고, 이리 살아서 만난 것으로 다 풀린 거이다."

김사용은 눈을 지그시 감고 물부리를 입에 물었고, 김범준이 재빨리 성냥을 그었다. 김사용은 무슨 생각에 잠긴 듯 한동안 담배를 빨다가 천천히 고개를 들었다.

"범준아, 니는 일찍부터 남들이 다 피하는 고생길을 솔선해서 걸은 사람이다. 그 작심은 장하고 장한 것이었는데, 니가 시방 허고 있는 일도 장한 것으로 생각해야 허겄냐?"

김범준은 일단 고개를 숙였다. 아버지를 뵈면 꼭 거쳐야 할 과정으로 생각한 일이었다.

"제 나름대로 심사숙고해서 결정했습니다. 사상이란 일제 치하의 독립운동과 달라서 절대적으로 옳다고 할 수 없고, 보기에 따라 그 가치가 다를 수 있습니다. 그러나 어떤 것이 더 정의로운지, 어떤 것이 더 인간의 삶을 인간답게 개혁하는 힘인지는 자명합니다. 제가 택한 사상이 바로 그것입니다. 아버님께서 납득이 곤란하시더라도 그 점만큼은 접어 주셨으면 합니다."

김범준의 태도는 단호했다. 눈빛은 강렬했고, 얼굴에는 신념에 찬 힘이 서려 있었다. 김사용은 아들에게서 염상진의 모습을 보고 있었다. 그는 굳이 뭐라고 말하지 않았다. 아들이 주장하는 논리를 이길 도리가 없는 일이었고, 이제 자신은 이 세상의 변두리로 밀려난 그림자일 뿐이라는 생각도 들었다.

"그래, 맡은 일은 무엇이냐?"

"전남 서남 지구 사령관입니다."

"그래, 누가 더 옳은지는 세월이 지나 봐야 알 일이고, 지금은 서로 총을 맞댄 어지러운 세상이다. 사람이 권세를 지녔을 적에 그것을 여러 사람을 위해 쓰면 겸손해지고, 자기를 위해 쓰면 교만해지는 법이니라. 인심 잃지 않도록 하거라."

"명심하겠습니다."

인민위원회는 물론 여성동맹위원회와 청년동맹위원회도 그 조직을 갖추고 활동을 펼쳐 나갔다. 인민위원회는 일반 행정 업무와 함께 농지 현황 파악에 나섰고, 여맹은 여자와 소년층을 대상으로 노래를 가르치는 등 문화 선전 활동에 주력했고, 민청은 내무서를 중심으로 치안을 확보해 나갔다. 특히 여맹은 위원장 이지숙의 조직적이고 열성적인 지도 아래 활동 성과가 두드러졌다.

염상진은 군당 위원장으로 복귀했고, 안창민은 군당 부위원장이 되었다. 염상진이 군당 위원장으로 돌아와 처음 맞이한 것이 소화 일이었다.

"긍께로 위원장님께서 어찌 좀……."

소화는 부끄러워 얼굴을 꽃 빛으로 물들이며 간신히 말했다. 염상진은 그런 소화를 바라보며, 저 모습에 정하섭이 반했나, 하고 생각했다. 젊은 무당은 광주 도당에서 일하고 있는 정하섭을 벌교로 옮겨 달라는 부탁을 해 왔다. 전쟁 상황에서 개인적인 부탁이란 용납될 수 없었다. 그런데도 염상진은 그 여자가 그런 부탁을 할 만하다고 생각했다. 그녀가 그동안 수행한 공적을 알기 때문이었다.

"만약 그 부탁이 이루어지지 않으면 어쩌시겠습니까?"

염상진이 조용히 웃으며 물었다.

"위원장님……. 지가 가진 딱 한 가지 소원인디요……."

소화의 얼굴이 절박했다.

"정 동무가 오는 것 말고, 소화 동무가 가는 것을 생각하십시오."

소화의 얼굴이 금방 환히 피어났다가 이내 시무룩해졌다.

"저도 여맹에서 맡은 일이 있는디요."

"광주에 가서도 여맹 활동을 하면 됩니다."

"고맙구만이라, 고맙구만이라."

소화가 허리를 굽혔다. 기쁨으로 달아오른 그녀의 얼굴은 한결 더 청초했다. 염상진은 고운 여자라고 생각했다. 그런데 우리가 추구하는 세상이 왔을 때 저 여자는 과연 무당 일을 버릴 수 있을까, 하는 생각을 했다. 확신이 서지 않았다. 백정이나 그 아들, 대장장이와 무당의 아들 같은 기본출신들이 투쟁에 나서는 것은 흔한 일이지만 무당이 직접 조직에 낀 것은 처음 보는 일이었다.

소화는 해남으로 피했다가 돌아왔을 때 정하섭이 이미 와 있을 줄 알았다. 그런데 정하섭은 보이지 않았다. 이지숙의 권유에 따라 여맹에 가입했지만 정하섭에 대한 그리움이 절절해 도무지 일에 신명이 붙지 않았다. 정하섭이 광주에 있다는 것을 알고는 이지숙에게 이야기를 꺼냈다. "걱정 말아요. 나도 따로 부탁할 테니까, 소화 동무가 직접 위원장님께 부탁드리세요. 소화 동무는 그런 청을 해도 괜찮을 만큼 열성적으로 투쟁했어요." 이지숙의 망설임 없는 말이었다.

염상진에게 두 번째 닥친 일은 살인 사건이었다. 강동기와 함께 김복동·마삼수·지삼봉은 자연스럽게 민청에 가입했다. 그런데 지삼봉이 주인 이춘삼을 살해한 것이다.

지삼봉은 이춘삼의 집에서 머슴살이를 계속하고 있었다. 그런데 지난 농지개혁 때 아무 혜택도 못 받게 되자 다른 머슴들처럼 주인에게 불만을 품었다. 그러다가 세상이 바뀌고 민청에 가입한 그는 머슴살이를 때려치우기로 했다. 그는 주인에게 그 뜻을 알리고, 그동안 장리변으로 불리려고 묵혀 두었던 새경을 모두 달라고 했다. 그런데 주인은 쌀이 장리로 나가 있다는 이유를 들어 그의 말을 들어주지 않았다. 그런 주인의 태도는 독 오른 종기를 꼬집는 격에, 성난 개 꼬리 밟는 격이었다. 성질이 폭발한 지삼봉은 마루로 뛰어올라 주인의 멱살을 틀어잡고 허리치기를 해 버렸다. 마루에서 마당으로 패대기쳐진 이춘삼은 괴상한 소리를 꽥 지르고는 그만이었다. 목뼈가 부러져 죽은 것이었다.

염상진은 지삼봉을 잡아들였다. 그리고 지삼봉은 살인범이므로 법으로 다스릴 것이며, 누구든 개인적 감정으로 보복하면 법에 따라 처벌한다는 전단을 배포했다.

상부에서 촉구하는 질서유지가 하부에서 제대로 실행되지 않는 것에 대해 염상진은 고심했다. 크고 작은 보복 행위가 사방에서 일어나고 있었다. 그런 행위는 분명 해방의 의미를 잘못 알아서 벌어지는 사태였다. 염상진이 이번 살인 사건에 더 신경을 쓰는 것은 그 일을 민청원이 저질렀기 때문이었다. 해방 투쟁은 인민의 지지로 성취되고, 인민의 지지는 조직원들의 헌신적 봉사와 모범적 실천에서 생겨나는 것이다. 민청원이 살인을 저질렀다는 것은 그 원칙에 어긋난 반인민적 몰지각이었다.

16

양쪽을 다 미워하는 아이

"야! 인제 해거름 다 되았응께로 전쟁놀이 한바탕 허자."

한 아이가 당차게 몸을 일으켰다.

"그려, 한바탕 오지게 허자!"

나머지 다섯 중에 세 아이가 좋아라 했고, 다른 두 아이는 시무룩했다.

"야, 느그 둘은 어째 똥 집어 먹은 얼굴이냐? 안 허겄다 그것이여!"

처음의 아이가 두 팔을 허리에 척 올리며 소리쳤다.

"아니여, 전쟁놀이가 재미진디 혀야제." 머리에 버짐 핀 아이가 말했다. "우리 둘이는 맨날 지기만 허는 국방군만 시키면서……."

윗도리를 걸치지 않은 아이가 입술을 내밀었다.

"그려서, 못 허겄다 그것이여!"

처음의 아이는 곧 주먹이라도 날릴 기세였다.

"아녀, 나는 아녀." 머리에 버짐 핀 아이가 고개를 웅크렸다. "딱 한 번만이라도 인민군을 시켜 달라 그것이제." 윗도리를 입지 않은 아이가 불만스레 말했다.

"하, 니가 인민군을 헐라면 느그 아부지가 그런 짓을 허지 말었어야제. 니 아주 우리 놀이에서 빠지고 싶냐?"

처음의 아이가 노려보았다.

"아녀, 내가 잘못혔어."

윗몸을 드러낸 아이의 얼굴이 구겨지며 고개를 떨구었다.

"느그 둘이는 국방군." 처음의 아이가 결정을 내렸고 "느그 셋이서 제비뽑기!"라며 다른 세 아이에게 말했다. 세 아이는 서로 국방군을 안 뽑을 자신이 있다는 듯 눈을 빛냈다.

처음의 아이는 나뭇가지를 집어 당산나무 그늘이 드리운 땅바닥에 제비뽑기판을 그렸다. 제비뽑기를 할 세 아이는 제각기 점치기에 여념이 없었다. 다른 두 아이는 풀이 죽은 채 한 아이는 개미를 발로 잉끄렸고, 다른 아이는 강아지풀 줄기를 뽑아 자근자근 씹고 있었다.

개미를 밟아 죽이고 있는 아이는 마름 허출세의 막내아들 수

돌이었고, 강아지풀 줄기를 씹고 있는 아이는 노덕보의 아들 창성이였다. 그리고 제비뽑기판을 그린 아이는 김복동의 아들 용국이였다. 허출세는 지주의 착취를 돕고 악질적으로 중간착취를 일삼은 행위 때문에 벌써 붙들려 가 있었다. 서인출네 마름 오동평이도 같은 혐의를 벗어날 수 없었다. 노덕보는 서운상에게서 소작권을 찾기가 어려워지자 동료들에게 등을 돌리고 딴 소작을 얻어 부친 파렴치 행위 때문에 톡톡히 망신을 당했다. 뒷손 쓴 일을 동네 사람들 앞에서 낱낱이 까발려야 했던 그 일은 동네 사람들 말로는 '똥바가지 뒤집어쓴 망신'이었고, 강동기의 말로는 '자아비판'이었다. 노덕보는 망신을 무릅쓰고 자기 잘못을 다 털어놓아 잡혀가지는 않았지만, 그 일로 아내는 물론이고 자식들까지 주눅이 들었다. 그의 아들 창성이는 용국이가 뻐길 때마다 뇌꼴스러워서 견딜 수가 없었다. 개자식, 즈그 아부지가 인민위원회에 댕긴다고……. 창성이는 붉은 완장을 두른 용국이 아버지를 떠올리며 분함을 씹었고, 남부끄러운 짓을 한 아버지가 원망스러웠다.

"우와, 인배가 국방군이다!"

제비뽑기를 한 두 아이가 한꺼번에 소리쳤고, 다른 한 아이는 "피이―." 하며 눈을 흘겼다.

"우리 셋은 인민 소년 돌격대고, 느그 셋은 반동 국방군이다. 지금부터 당산나무 뺏기 쌈을 시작헌다." 용국이의 지시에 따라 두 패로 갈라진 아이들은 당산나무 그늘을 벗어나 햇빛 속으로 나섰다.

"장백산 줄기줄기 피어린 자우욱……."

인민 소년 돌격대 쪽에서는 여맹을 통해 배운 노래를 기운차게 불렀고, 국방군 쪽 세 아이는 맥 빠진 채 걷고 있었다. 곧이어 아이들이 입으로 땅! 땅! 총소리를 내며 목화밭에 몸을 숨기고, 밭고랑을 기며 전쟁놀이에 열을 올리고 있을 때, 산역을 마치고 돌아오는 한 무리의 사람들이 동네 어귀로 접어들었다. 그들 중에는 상복을 입은 사람도 있었고, 땅 파는 연장을 든 사람도 있었다.

그들은 정현동 사장 살해 사건에 연루된 사람들과 그 가족들이었다. 5년형을 언도 받고 징역살이를 하던 11명 중에서 아홉이 돌아온 것은 며칠 전이었다.

"인민군헌테 밀려 후퇴허면서 좌익 헌 사람들이 갇힌 감방에 총을 막 쐈구만이라. 근디 일반 죄수가 갇히는 방이 모자라서 박 샌허고 조샌이 좌익들 방에 섞이는 바람에 변통이 생기고 말았당께요."

살아 돌아오지 못한 두 사람 집에서 곡성이 터졌고, 다른 아홉 집에서는 살아 돌아온 기쁨을 감추어야 했다. 그들은 두 사람을 산에 묻고 돌아오는 길이었다. 들몰의 김종연네나 김복동네가 그러했듯이 그들 아홉도 아무런 이의 없이 붉은 완장을 차게 되었다.

그들이 고샅으로 사라진 뒤에 인민위원회에서 집집마다 새로운 통보가 전해졌다.

"내일 아침 10시에 남국민학교 마당에서 인민재판이 열린께로 나가 보도록 허씨요."

"재판받을 사람이 누구다요?"

"셋이라는디, 그중 하나가 삼봉이랍디다."

"워메! 그럼 삼봉이를 죽인다 그 말이요?"

"고것이야 재판이 열려 봐야 알 일이제."

"재작년 10월 인민재판을 보고도 그리 태평헌 소리 허고 앉았소? 그때 봉림 김 부자 말고 살아난 사람이 어디 또 있습디여?"

"그때 죽은 것들은 다 죽을 만허지 않았습디여? 삼봉이는 제발 살아났으면 쓰겄소. 새경 안 내준 이춘삼이 잘못혔제 삼봉이 잘못이 뭐 있소."

"그 말이 맞기는 헌디, 이춘삼이 아주 죽었으니 고약허지 않소."

"같은 편인디 어찌 좀 살려 내는 쪽으로 안 허겄는게라?"

"그리만 되면 좋겄는디 군당 위원장님이 원체 엄헌께로 어찌 될지⋯⋯."

"그래도 인정이 있다고 안 그럽디여?"

"긍께 그 대목을 믿고 일이 잘 풀리기를 바래야제라."

회정리 3구 사람들은 거의가 지삼봉을 걱정했다.

8월의 해는 오전 9시에 벌써 불볕으로 변했고, 사람들은 남국민학교 운동장으로 꾸역꾸역 밀려들었다. 인민위원회 발족식 때보다 모인 사람이 훨씬 많았다. 그 사람들 틈에 송경희도 섞여 있었다. 그녀는 천 리 길을 걸어오며 쌓인 굶주림과 노독으로 열흘 넘게 앓다가 오늘 어떤 꼴들을 하는지 보려고 일부러 몸을 일으켰다. 그런데 막상 운동장에 와 보니 기가 질렸다. 사람들 사이에 흐르는 분위기가 자기와는 정반대였던 것이다. 그전 같은 세상이 다시 안 올지도 모른다……. 그녀는 절망에 빠졌다.

"친애하는 벌교 인민 여러분! 당과 인민의 이름으로 지금부터 반동분자와 해당분자에 대한 인민재판을 시작하겠습니다. 재판을 받을 반동분자는 멸공단 단장이었던 윤태주, 그리고 청년단 단원이었던 오칠성 둘이며, 해당분자로 지삼봉 하나입니다. 그럼 인민 위원장 동무의 발언이 있겠습니다."

마이크를 타고 나오는 이지숙의 목소리가 카랑카랑했다. 조회대 앞에는 세 사람이 팔을 뒤로 묶인 채 서 있었다.

조회대에 오른 인민 위원장은 남국민학교 교감이었다. 그는 서민영 다음에 교섭이 이루어져 위원장을 맡게 되었다. 신망도는 서민영에 못 미쳤지만 사회 개혁 의지를 가지고 교육자의 품위를 지킨 사람이었다.

"친애하는 인민 여러분, 인민의 나라를 세우기 위해 삼천리 방방곡곡에서 혁명을 수행하고 있는 지금이야말로 혁명을 방해하는 모든 것을 없애야 하는 때입니다. 그렇게 볼 때, 멸공단이란 테러 단체를 만들어 혁명 전사의 가족들을 살해하기까지 한 윤태주의 반동 행위는 절대 용서받을 수 없습니다. 그다음, 경찰의 앞잡이로 혁명 사업을 방해하고 인민을 갈취하는 파렴치 행위를 일삼아 온 청년단에서 행동 대원으로 날뛴 오칠성의 죄과도 용서될 수 없습니다. 끝으로, 모범이 되어야 할 민청원이 살인을 저질러 신성한 당의 규율을 파괴한 지삼봉의 행위도 용서될 수 없습니다. 혁명을 위해 이런 반당적 반동적 행위자들은 가차 없이 처단해야 한다고 당과 인민 앞에 주장하는 바입니다."

인민 위원장이 조회대를 내려갔고, 운동장에 빽빽하게 찬 사람들은 모두 죽은 듯 조용했다.

"두 번째로, 군당 부위원장 동무의 발언이 있겠습니다."

조회대로 올라온 안창민은 사람들을 휘둘러보고 나서 안경을 밀어 올렸다.

"친애하는 인민 여러분, 지금 우리는 혁명을 위해, 해방을 위해 이렇게 모였습니다. 혁명은 살기 좋은 새 세상을 만드는 것입니다. 해방은 우리를 못살게 굴던 악독한 인간들을 없애고 우리가 주인이 되는 것입니다. 멸공단장 윤태주와 청년단원 오칠성은 바로 그 악독한 인간들 중 하나입니다. 인민을 피 흘리게 한 그들을 당과 인민의 이름으로 처형해야 합니다. 그리고 당의 규율은 엄격히 지켜져야 합니다. 한 사람이 규율을 어기면 열 사람이 본받고, 열 사람이 본받아 잘못 행동하면 백 사람이 뒤따르게 되고, 결국 혁명은 이룰 수 없게 됩니다. 그러므로 민청원 지삼봉 또한 죄값을 받아 마땅할 것입니다."

말을 마친 안창민이 조회대를 내려갔다.

"끝으로, 군당 위원장 동무의 발언이 있겠습니다."

염상진이 뚜벅뚜벅 조회대로 올라섰다.

"친애하는 인민 여러분, 중요한 발언은 이미 인민 위원장 동무와 부위원장 동무가 했습니다. 저는 두 동무의 발언에 전적으로 찬동하면서, 반동분자 윤태주·오칠성 그리고 해당분자 지삼봉을 총살형에 처하는 데 따른 여러분의 의견을 듣고자 합니다."

"좋소, 죽이씨요!"

"맞소, 죽여야 쓰요오!"

외침이 줄줄이 이어지며 박수가 일었다.

"윤태주 저놈은 악질이여." "오칠성 놈부터 죽여라." "총알 아까운디 대창으로 죽여." 이런 외침들이 여기저기서 터졌다.

당중앙의 지령에 따라 염상진은 가급적 인민재판을 하지 않으려 했다. 그러나 이번 인민재판은 지삼봉 살인 사건을 다루기 위한 불가피한 조처였다. 사람들은 지주에 대한 원한과 군경한테 입은 피해를 마음대로 푸는 것이 '인민 해방'이라고 오해하는 경향이 많았고, 그런 행위가 벌써 몇 군데에서 벌어졌다. 그런 상황에서 '인민 해방'은 엄격한 질서 속에서 진행된다는 사실을 보여 주어야만 했다.

송경희는 조회대에 서 있는 염상진을 노려보며 억지 박수를 쳤다. 혼자 박수를 치지 않았다가는 금방 반동으로 찍힐 것만 같았다. 저 천한 숯장수 아들놈 때문에 귀한 사람들이 얼마나 죽어 갔나. 아니, 어머니가 피신시키지 않았다면 성일이도 윤태주처럼 또 저놈 손에 죽었을 것 아닌가. 저 원수를 어떻게 죽여 없애나. 그녀는 증오감으로 부들부들 떨었다. 민청원이란 것들은 성일이를 찾아내려고 벌써 서너 차례나 집뒤짐을 했다. 떠나지 않고 집 안에 숨어 있었다면 영락없이 윤태주 꼴이 되고 말았을 것이다.

양쪽 팔을 붙들린 세 사람이 운동장 서쪽으로 끌려갔다.

"살려 주시오, 내가 잘못했소. 우리 재산 다 기부헐 팅께 한 번만 살려 주시요."

윤태주는 목 놓아 부르짖으며 발버둥 쳤다.

"워메— 죽일란 거이 아니었당께라. 나 좀 살려 주씨요. 나는 원통허요."

지삼봉이 몸부림을 치며 울부짖었다.

청년단원 오칠성만이 묵묵히 끌려갔다.

세 사람은 아름드리 플라타너스에 하나씩 묶이고 수건으로 눈이 가려졌다. 운동장은 싸늘한 침묵에 덮여 있었다. 어느 나무에선가 매미가 울어 댔다. 세 사람을 향해 아홉 사람이 총을 겨누었다. 다섯은 파란 견장을 붙인 인민군이었고, 넷은 빨간 완장을 찬 민간인이었다.

"발사!"

치켜 올린 팔을 내리면서 외친 사람은 하대치였다.

종소리가 운동장의 침묵을 흔들었고, 세 사람의 목이 푹 꺾였다.

사람들이 말없이 교문을 빠져나가기 시작했다. 박수를 치던 열기가 침묵으로 바뀌어 있었다.

17

무상몰수 무상분배

심재모는 타원형의 가늠구멍에 표적을 넣고 방아쇠를 지그시 당겼다. 총소리가 나면서 탄피가 튀었다. 그는 다시 숨을 들이켰다가 멈추고 방아쇠를 당겼다. 그 연속 동작이 몇 초 간격으로 이어졌다. 그는 탄창까지 튕겨 나와서야 몸을 일으켰다.

"대위님, 표적 가져왔습니다."

하사가 숨을 헐떡이며 동그라미가 세 개 그려진 표적을 내밀었다.

"응, 수고했어."

심재모는 받아 든 표적을 내려다보았다. 탄 자국은 표적의 한가운데 검은 부분에 집중되어 있었다. 쪼그려 앉은 훈련병들 사이에서 우와, 하는 감탄의 소리가 흘러나왔다. 심재모는 대위 진급과 함께 신병 훈련 책임 교관을 맡고 있었다.

"자, 이 표적을 보면 여덟 방 다 명중한 셈인데, 하나도 놀랄 게 없다. 제군들도 여기서 배운 대로 침착하게 쏘기만 하면 백발백중이 될 것이다. 하나밖에 없는 생명을 지키려면 총을 잘 다뤄야 한다. 그런데 제군들의 훈련 기간은 1주일이고, 1주일 동안 총을 제대로 다룬다는 것은 무리다. 그러나 제군들은 이 짧은 기간에 사격술을 최대한 익혀야 한다. 사격 미숙으로 생명을 잃는 일이 생겨서는 안 된다. 훈련 기간이 짧아도 정신을 집중하면 그만큼 효과가 날 것이다. 본관이 왜 굳이 하사관을 제치고 사격에 나섰겠나! 솜씨 자랑하려고 그랬겠나. 그 뜻을 제군들은 깨닫기 바란다."

심재모는 훈련병들을 둘러보았다. 모두 앳된 얼굴의 학도병들이었다. 그들을 전선으로 보낼 때마다 심재모는 가슴이 쓰렸다.

전쟁은 나날이 가망이 없어지고 있었다. 학도병들은 군복도 입지 못한 채 그 가망 없는 전선으로 실려 갔다. 어린 그들은 한마디로 소모품이었다. 1주일 훈련으로 총을 제대로 다루기란 어림도 없었다. 그건 몸뚱이로 적을 막게 하는 무책임한 살인 작전이었다. 아무리 상황이 급박하다 해도 그런 소모전은 있을 수 없는 일이었다. 한 생명을 군인이란 이름을 붙여 전쟁터에 내보내려면 최소한 자기방어는 할 수 있도록 훈련을 시켜야 할 책임이 상부에 있었다. 적이 기습을 감행했으므로 어쩔 수 없다, 그건 책임 회피일 뿐이었다. 적의 기습에 대비하지 못한 책임으로 따져야 할 일이었다. 그리고 전쟁이 일어난 뒤에 즉각 대비하지 못해서 훈련 기간을 다 까먹어 버린 책임도 추궁되어야 했다. 그러나 책임지는 사람은 없고, 총도 제대로 쏠 줄 모르는 학생들은 '아아 이슬같이 죽겠노라.'고 목청을 뽑아 가며 전쟁터로 실려 갔다. 그리고 그들은 고급장교들의 입을 통해 '애국 충정에 불타는 용맹스러운 학도병'으로 미화되고 있었다.

심재모는 시내에 발길을 하지 않았다. 부산은 난장판이었다. 피난민이 드글거렸고, 각 도에서 몰려든 관공서원과 경찰이 넘쳐났고, 미군들이 패거리 지어 다니며 여자들을 희롱했다. 다른 장교들은 양주 맛이 기막히다고 떠들어 댔지만 그는 술에도 흥미가 없었다. 언젠가 술집 골목을 따라갔다가 너무 놀란 적이 있었다. 그 요란한 치장과 버글거리는 사람들이 전혀 전쟁을 느낄 수 없게 했다. "장교님, 순진하셔. 여긴 후방이라구요. 그리고 이런 술집 없으면 우린 굶어 죽으란 말예요?" 스무 살도 미처 안 돼 보이는 아가씨의 야무진 서울말이었다. 심재모는 굶어 죽을 수는 없다는 그 아가씨의 말을 수긍했다. 그러나 그때처럼 서울 말씨가 천박하게 느껴진 적도 없었다.

현오봉은 단기 지휘관 교육을 마치고 소위로 임관하자마자 낙동강 전선으로 투입되었다. 그는 양효석 말대로 육사에 오지 않았더라도 전쟁이 터져 어차피 군대에 끌려올 수밖에 없었을 테니 장교 노릇을 똑바로 해 보자고 작심했다. 그렇게 마음을 다잡자 새롭게 기운이 솟았다.

그러나 전선에 투입되어 소대를 인계받고 나자 머리는 머리대로 욱신거렸고, 가슴은 가슴대로 벌떡거렸다. 그 이상한 증상은 훈련장과 전장의 차이에서 오는 충격과 혼란 때문이었다.

소대를 인계받기도 전에 현오봉을 질겁하게 만든 것은 아무 데나 나뒹그러져 있는 시체들과 무더위 속에 썩어 가는 송장 냄새였다. 시체들의 눈과 코에 구더기가 드글거리는 것도 끔찍했지만, 거기서 나는 냄새의 지독함이란 말로 할 수 없을 지경이었다. 전쟁터에서 현오봉을 가장 먼저 맞은 건 적군이 아닌 아군의 시체 썩는 냄새였다.

송장 썩는 냄새에 코가 차츰 마비되어 갈 즈음, 현오봉은 궁지에 몰려 있는 전세에 충격을 받았다. 참호를 깊이 파고 수비만 하는 전선에서는 총도 제대로 쏠 줄 모르는 졸병들이 밤마다 허망하게 죽어 갔다. 적들은 대개 밤에 강을 건너 공격해 왔다. 그때마다 조명탄이 터지며 제2선에 배치되어 있는 미군의 포가 집중 사격을 가해 적들의 공격을 막고는 했다.

"현 소위, 야간 경계 철저히 하고, 손상된 참호는 바로바로 원상 복구하시오. 저지선이 무너지면 우린 끝장이고, 참호가 우리 무덤이라는 각오로 싸워야 하오."

중대장의 말이었다.

예고 없는 적의 야간공격 때문에 밤잠은 거의 잘 수가 없었고, 겁을 집어먹고 머리를 쏴서 박는 부하들의 엉덩이를 걷어차고 다니며 고함을 질러야 했다. 그 위태로운 방어 작전으로 하루하루를 지탱해 가고 있는 형편이었다.

현오봉은 밤만 되면 오히려 눈이 말똥말똥해졌다. 긴장감 탓이었다. 잠을 잔다는 것은 죽음이었고, 죽는다는 것은 구더기들에게 파 먹히는 것이었다. 그 끔찍스러운 연상 앞에서 잠이 올 리 없었다. 낙동강 변에서는 매일 밤 조명탄이 터지고, 폭탄이 작열하고, 수많은 총소리가 뒤엉키고, 사람이 죽어 갔다.

소화의 광주 생활은 정하섭이 평양으로 떠나게 되면서 열하루로 끝나게 되었다. 그 갑작스러움에 소화는 그저 모든 말이 꿈속에서 듣는 것 같았다.

"왜 가느냐고 물어야 할 것 아니오?"

놀라움을 드러냈다가 이내 고개를 약간 수그린 소화에게 정하섭이 말했다.

소화가 고개를 들어 정하섭을 바라보았다. 그 눈길에 물기가 젖어 있었다.

"중간 간부 양성을 위한 교육이 실시되어 각 도당에서 젊은 당원들이 뽑혀 가는 것이오."

소화는 가만가만 고개를 끄덕였다.

"이제 얼마나 걸리느냐고 물어야 하지 않소?"

소화가 웃음을 지었다. 그 웃음에 슬픈 기색이 더 진하게 드러났다.

"석 달 예정이오."

소화는 고개를 수그렸다. 가지 않을 수 없냐고, 따라가면 안 되냐고, 이것도 저것도 안 된다고 하면 억지를 써서라도 매달리고 싶었다. 그러나 그런 것들은 다 가슴속에 묻어야 하는 욕심이었다. 그는 머물다 떠나는 구름이어야 했다. 그가 평생 옆에 머무는 바위이기를 욕심 부리게 되면 그때부터 가슴에 깊은 업보의 샘을 파는 것이었다. 떠나면 보내고, 돌아오면 맞는 순조로움 속에서 인연을 소중하게 간직할 수밖에 없었다.

소화는 짐을 다 챙겨 놓고 저녁밥을 서둘렀다. 참으려 해도 눈물이 흘러 반찬 그릇에고 솥뚜껑에고 뚝뚝 떨어졌다. 전에 없이 사무쳐 오는 골 깊은 쓰라림이었다. 그동안 이별을 여러 차례 했으면서도 그렇게 마음이 소용돌이친 일은 없었다. 어쩌면 평양이라는 먼 거리감 때문인지도 몰랐다.

정하섭이 돌아와 손발을 씻자마자 소화는 밥상을 들여갔다.

"자, 오늘만은 함께 먹읍시다."

상을 놓고 허리를 펴는 소화에게 정하섭이 말했다.

"아니구만요."

소화의 대답은 전과 다름이 없었다.

"그럼 나도 안 먹겠소. 오늘만은 나도 고집을 꺾지 않겠소."

정하섭은 밥상 앞에서 물러나며 소화를 올려다보았다. 눈길이 마주치자 소화는 얼른 고개를 돌렸다. 울었구나, 정 많고 눈물 많은 여자, 그래서 좌익이 된 여자…… 정하섭의 가슴에 슬픔이 뒤덮여 왔다.

"어서 밥 가져오시오, 나 굶기지 않으려거든."

정하섭은 오늘만은 꼭 겸상을 하리라는 마음을 굳혔다. 떠나기 전에 그녀의 마음에 두 사람이 대등하다는 것을 확실하게 심어 주고 싶었다.

"밥 엎힐 것인디요……"

소화의 목소리가 기어들었다.

"엎힐 때 엎히더라도 가져오시오."

소화는 어쩔 수 없이 방을 나섰다. 그가 밥을 먹게 하기 위해서라도 겸상을 하지 않을 수 없었다. 그의 마음 씀이 뜨거움으로 덮여 왔다. 그렇다 해도 겸상이라니, 서로 지체가 같은 양반집에 서도 여자하고 겸상하는 일은 없었다. 그런데 나 같은 여자하고……. 공산주의를 해서 그런 것일까.

소화는 떨리는 손으로 밥그릇을 상에 놓았다.

"됐소. 이젠 편안하게 앉으시오. 그래야 얹히지 않으니까요."

정하섭은 소화를 건너다보며 빙그레 웃었다. 그러나 소화는 고개를 푹 숙이고 있었다.

"좋아하는 사람끼리 마주 앉아 밥 먹는 것은 자연스러운 일이오. 편안한 마음으로 어서 먹읍시다."

정하섭이 숟가락을 들었다. 소화도 숨을 들이켜며 숟가락을 들었다. 숟가락의 무게가 솥뚜껑만큼 무겁게 느껴졌다.

"자, 반찬 골고루 먹어요."

"엄니!"

소화는 소스라쳤다. 그분이 고기반찬을 자신의 숟가락 위에 불쑥 놓은 것이었다. 아, 저 사람이 내 남편이라면! 불현듯 떠오른 생각이었고, 다음 순간 가당찮은 욕심이라는 생각에 가슴이 컥 막혔다.

다음 날 새벽, 소화는 닦아도 닦아도 앞을 가리는 눈물 속으로 정하섭을 떠나보냈다.

소화가 벌교로 돌아오자 분위기가 한결 달라져 있었다. 어딘가 생기가 돌고 술렁거리는 게 마치 추석 대목이라도 맞은 기분이었다. 소화는 들몰댁을 만나서야 그 까닭을 알게 되었다.

"모레가 해방된 날이라 농지개혁을 새로 헌다니께 사람들이 좋아허는 것이제라."

들몰댁이 벙글거리며 말했다.

"근디 염상진 위원장님 안식구는 인제 여맹에서 일허는가요?"

소화가 이야기를 바꾸었다.

"아니구만요. 여맹 위원장 동무도 애를 쓰다가 인제 맘을 닫은 것 같구만이라."

"고집이 아주 센 분이구만이라."

소화는 고개를 갸웃거렸다. 남편을 사랑하지 않아서 그럴까, 좌익이 싫어서 그럴까, 아니면 다른 무슨 이유가 있을까. 소화는 그 여자의 태도를 이해할 수 없었다.

이지숙은 여맹을 조직하면서 당원과 유격대원의 아내들을 1차 대상자로 삼았다. 그건 의무가 아니라 우대의 뜻이 앞선 조처였다. 그래서 소화는 당연히 여맹에 가입했다. 그런데 염상진의 아내 죽산댁은 가입을 거부했다. 군당 위원장에 대한 예우로라도 이유를 알아보아야 했다.

"여맹에 가입하지 않는 무슨 특별한 까닭이 있으신지 알아볼까 해서 이렇게 찾아뵙습니다."

이지숙은 예의를 갖추어 말했다.

"들고 안 들고는 맘대로 허라더니 인제 와서 까탈을 부리는 것이다요?"

죽산댁은 첫마디부터 엇지게 나왔다. 죽산댁의 성품을 알고 있는 이지숙은 웃기부터 했다. 파견대장 백남식의 팔뚝을 물어뜯은 일이 벌어졌을 때 그녀는 통쾌하면서도 한편으로는 혀를 내둘렀다.

"억지로 가입하시라는 게 아니라 혹시 무슨 난처한 일이 있나 싶어서요."

"그렇다면 콩이야 팥이야 더 말헐 것 없소. 나 난처헌 것 하나 없응께로."

죽산댁은 상대방을 전혀 생각하지 않는 태도로 마구 무질렀다.

"네, 알겠습니다. 그런데 가입을 안 하시는 이유가 궁금한데요."

"와따, 별것이 다 궁금허네. 고런 짓거리 허기 싫은께 싫은 것이제."

이지숙은 또 웃음 지었다.

"특별히 힘들게 나서실 일은 없습니다. 힘든 일은 젊은 층에서 다 맡아 할 테니까요. 군당 위원장 부인께서 가입을 안 하시면 보기에 좀 이상한 점도 없지 않아서……."

"시끄럽소, 바로 군당 위원장 여편네라서 가입을 안 허는 것이오. 남정네가 좌익에 미쳐 설레발치는디 여편네까지 미쳐 돌아가면 집구석이 어찌 되겠소. 순사 놈들이 나보고 '진돗개'라고 헌다는디, 내가 그리 독허게 안 나댔더라면 여태 두 새끼허고 살아졌겠소? 내가 뭐허러 미친년같이 남정네들 물어뜯고 덤볐겠소. 다 새끼들 데리고 살아 보겠다고 헌 짓이제. 그 쓰리고 아픈 속 누가 알겠소."

말을 하다 서러워져 죽산댁은 눈물을 찍어 냈다.

"그동안 고생이 너무나 크셨습니다. 이젠 그 보상을 받을 때가……."

"아이고, 앞쩗은소리 허지 마씨요. 아직 쌈에 이기지도 않았으면서 무슨 큰소리요."

죽산댁이 눈을 매섭게 뜨고 힐난했다.

"전쟁은 다 이긴 거나 마찬가집니다. 경상도 쪽만 손바닥만 하게 남았는데, 그까짓 거야 며칠 안으로 다 해방시키게 돼 있습니다. 재작년 10월과는 다릅니다."

이지숙은 정색을 하고 말했다.

"투전판은 자리를 털고 일어나야 누가 땄는지 아는 법이고, 쌈은 끝나 봐야 누가 이겼는지 아는 법잉께, 깨끗이 이기고 와서 여맹에 가입허라고 권허씨요."

이지숙은 말문이 막히고 말았다. 만에 하나의 위험도 경계하는 죽산댁의 태도에서 자식을 지키려는 모성과 그녀 나름대로 갖춘 삶의 슬기를 인정하지 않을 수 없었다. 이지숙은 염상진 위원장이 아내를 잘 둔 것인지, 잘못 둔 것인지 언뜻 구분이 안 되는 채로 발길을 돌릴 수밖에 없었다.

"참말로, 그 사람들 일 한번 장작 쪼개듯 시원허게 허네.""근디요 간단헌 일을 이승만 세상에서는 어찌 그리 똥 싸서 지지뭉개는 꼴을 혔는고잉.""아, 그 영감탕구가 권세 누릴 욕심으로 지주 놈들헌테 옴지락달싹 못혔응께 그렇제.""긍께로 그 영감탕구가 서울서 대전으로, 대전에서 대구로 쫓겨가는 것이제.""아이고메, 살다 봉께 내 손으로 지은 농사로 새끼들 안 굶기는 고런 세상이 오기는 오네이."

여자들의 입 모음이었다.

"무상몰수에 무상분배라면 애초에 우리가 원허던 것이제?""그러시. 꽁짜로 뺏어 꽁짜로 나눠 준다니 얼마나 공평헌가.""근디 전답이 얼마나 돌아올랑고?""혀 봐야 알겠지만, 배 가까이 안 되겠다고?""그리만 되면 살판났제. 세금을 내고도 새끼들 배 안 곯릴 것잉께.""세금은 얼마나 될랑고?""인민을 위헌다니께 전보다야 덜허지 않겠다고?""어쨌거나 기운 좀 피고 살 만허겄제."

남자들이 나누는 이야기였다. 동네마다 그 이야기로 분위기가 술렁거렸다.

마침내 8월 15일이 되자 남국민학교 운동장에는 많은 사람이 몰려들었다. 사람들은 발이 밟혀도 웃었고, 서로 부딪쳐도 웃었다.

8·15해방 경축식 식순이 끝나고 염상진이 조회대에 올랐다.

"친애하는 인민 여러분, 오늘은 우리가 일본 군국주의자들에게 억압당하고 착취당하고 살해당하면서 살아온 고통에서 벗어난 날입니다. 그때 우리는 얼마나 배고프고 고생스럽게 살았습니까. 우리 부모 형제들은 독립 투쟁을 하다 죽어 갔고, 징용에 끌려가 죽어 갔고, 군대에 끌려가 죽어 갔고, 정신대로 끌려가 죽어 갔습니다. 오늘 우리는 일본 놈들이 우리한테 저지른 악독한 짓을 잊지 말자고 여기 모였습니다. 그런데 일본 놈들보다 더 나쁜 놈들이 있었습니다. 그놈들이 누굽니까!"

염상진은 청중에게 물었고 "친일파요." "순사질 해 먹은 놈들이오." 하는 외침이 솟았다.

"그렇습니다. 일본 놈들에게 붙어먹은 친일파·민족 반역자들이 바로 일본 놈들보다 더 악독한 놈들입니다. 여러분, 다 같이 외쳐 봅시다. 처단하자 친일파 민족 반역자!"

염상진은 주먹으로 하늘을 쳐올리며 부르짖었다.

"처단하자, 친일파 민족반역자!"

사람들이 소리를 합쳐 외쳤다.

"인민 여러분, 친일파·민족 반역자들은 해방이 되자마자 처단해야 했습니다. 그런데 그놈들은 다시 권력을 잡고, 일정 때보다 높은 자리에서 떵떵거리며 인민을 탄압하고 착취했습니다. 그놈들은 미국을 등에 업고, 이승만과 한 덩어리가 되어 인민을 짓밟았습니다. 바로 그 탄압과 착취에서 인민 여러분을 해방시키기 위해 지금 해방전쟁을 수행하고 있습니다. 여러분, 이제 승리는 눈앞에 와 있습니다."

사람들이 함성을 지르며 박수를 쳤다.

"인민 여러분, 이승만 일당이 인민을 속이고 인민을 무시하면서 실시한 유상몰수 유상분배 농지개혁을 완전히 무효로 하고, 무상몰수 무상분배 원칙에 따라 토지개혁을 당장 오늘부터 실시하겠습니다."

"최고요오—."

"만만세요오—."

"우와아—."

사람들이 목청 돋우어 환영의 소리를 외치고, 기쁨에 넘치는 함성이 다시 일었다.

조회대를 내려온 뒤에도 염상진의 가슴에는 그 뜨거운 환호와 호응이 감격의 파도로 출렁거렸다. 그러나 사람들의 열렬한 환호가 공산주의나 공산당에 대한 지지는 아니라는 사실을 그는 냉정하게 구분 지었다. 그들은 마침내 자기 땅을 갖게 되었다는 사실에 환호하는 것일 뿐이었다. 그들은 이제 이념적 교육과 훈련을 거쳐야 하고, 그다음에 폭발하는 환호와 호응이 비로소 공산주의와 당에 대한 지지가 되는 것이었다.

허벅지에 총상을 입은 최서학은 거지꼴이 되어 송광사 가까이와 있었다. 그가 입은 인민군복은 때와 땀에 절어 퀴퀴하고 찝찔한 냄새를 풍겼다. 그러나 그는 그 옷을 악착같이 입고 있었다. 그 옷이 자신을 보호해 주는 유일한 보증서였다.

어둠 속에서 난사하는 총알이 허벅지를 스치고 지나가 아슬아슬하게 치명상은 면할 수 있었다. 그런데 치명적인 관통상을 면했을 뿐 총알이 파헤쳐 놓은 손가락 깊이의 상처에서 피가 안 흐를 리 없었다.

지팡이를 짚고 민가에 접근할 때까지만 해도 최서학은 뭐라고 말해야 할지 몰랐다. 곧이곧대로 도망치다 다쳤다고 할 수도 없고, 갈아입을 옷이 없는데 인민군복을 벗어 던질 수도 없었다. 그렇다고 다리의 통증에 배고픔까지 겹친 형편에 민가를 보고도 안 들어갈 수는 없는 일이었다. 닥치는 대로 대처하리라 생각하며 최서학은 민가로 들어섰다.

"워메, 인민군 아니당가요?" 주인 여자는 놀라기부터 했고 "어쩌다가 다치셨는게라?"라며 안쓰러워했다.

　그때 최서학의 머리를 번뜩 스치는 생각이 있었다. 그래, 의용
군으로 나갔다가 부상당한 것으로 하자! 여자의 태도를 보고 얻
은 답이었다.

　"의용군에 나갔다가 다쳤습니다."

　"음마, 말씨가 전라돈디? 집이 어디시랑가요?"

　주인 여자는 최서학의 억양을 금방 식별하며 반색했다.

　"벌곤디요."

"벌교면 아직 멀었는디, 좋은 일 허다가 고생이 많으시요이. 얼렁 이리 앉으씨요."

여자는 평상에 앉기를 권했고, 최서학의 귀에 '좋은 일'이라는 말이 걸렸다. 의용군을 자원한 자들이나 눈앞의 여자나 똑같은 부류였던 것이다. 이것들이 이거 빨갱이 놈들이 무슨 천국이나 만들어 줄 줄 알고 이 모양이야. 최서학은 속이 뒤집혔지만 아무 내색 하지 않고 평상에 앉았다.

"아짐씨, 혹시 밥……."

최서학의 말이 여기서 끊어졌다. 생전 처음 해 보는 구걸이었던 것이다.

"쌩보리밥에 찬도 없지만 한술 떠야제라. 다 누구 때문에 허는 고생인디."

주인 여자는 활갯짓을 하며 부엌으로 들어갔다. 최서학은 여자의 말마디마다 신경에 거슬렸다.

곧 주인 여자가 꽁보리밥에 풋김치, 된장에 풋고추가 놓인 소반을 내왔다. 식은 보리밥은 색깔이 거무튀튀했다. 최서학은 숟가락 들기를 주저했다. 그런 꽁보리밥은 여태껏 먹어 본 적이 없었다.

"어째 그러요? 찬이 없어서라?"

주인 여자의 말이었다.

"아니구만요, 목이 말라서……."

최서학은 정신을 다잡으며 얼른 둘러붙였다.

"잉, 급히 챙기느라고 물을 잊어뿌렀소."

여자는 다시 부엌으로 바쁜 걸음을 쳤다.

최서학은 찬물에 보리밥을 말아서 입에 떠 넣으며 자신을 위장하는 방법을 터득하고 있었다.

인민군복은 그 뒤로도 밥을 얻어먹거나 잠자리를 구하는 데 더없이 좋은 무기였고, 수시로 만나는 검문소를 무사통과하는 기막힌 통행증이었다. 그러나 병원을 찾아 광주로 갈 수는 없었다. 부상을 입어 귀가 조처를 받았다는 말이 촌에서는 통하지만 광주 같은 데서 통할 리 없었다. 군대에는 의무대가 있게 마련인데, 대수롭지 않은 부상으로 귀가 조처를 한다는 것은 상식적으로 납득이 안 되는 일이었다.

최서학은 날마다 집 쪽으로 조금씩 걸었다. 상처는 갈수록 부어올랐고, 고름이 질질 흐르면서 고약한 냄새까지 풍겼다. 송광사 언저리까지 왔다 해도 집까지는 아직 3분의 1이 남아 있었다. 최서학은 남은 길을 걸어갈 자신이 없어서 길가 나무 그늘에 피그르 쓰러지듯 몸을 부렸다. 집이 가까워지면서 그의 머릿속에는 염상진이 자꾸 떠올랐다. 그가 자신의 거짓말에 넘어갈 것 같지 않았고, 무엇보다 멸공단 활동을 용서할 것 같지 않았다. 전 원장과 염상진의 얼굴이 엇갈렸다. 그는 염상진을 피해 전 원장의 치료를 받을 방법이 무엇인지 골똘하게 생각을 모았다.

"인제 다 이긴 쌈이나 마찬가지시. 이승만이가 부산으로 도망쳤당께 나머지야 누워서 콩떡 먹기 아니겄어?"

"부산까지 뺏기면 이승만이는 어쩔랑고?"

"미국으로 뽕빠지게 내빼겄제."

두 남자가 껄껄대면서 지나갔다. 최서학은 절망에 빠졌다. 전쟁에 지면 우리 같은 사람들은 어찌 되는가……. 미국은 도대체 싸우려는 것인가 말려는 것인가. 폭탄만 떨어뜨리지 말고 육군을 투입해야 할 것 아닌가. 그는 이빨을 뿌드득 갈며 돌멩이를 집어 논으로 내던졌다. 개구리며 메뚜기가 놀라서 뛰었다.

18

워메, 논두렁 콩알까지 세는
저런 법은 어디서 나온 법이드랑가!

외서댁이 장흥에서 돌아왔다.

"아무 일 없었던 사람들도 나서는디 그냥 있자니 원통허게 죽은 남편헌테 죄짓는 일이드랑께. 그래서 기왕이면 벌교에서 나서자고 돌아온 것이제."

외서댁이 동서 남양댁에게 한 말이었다. 그녀는 여맹에 가입할 마음을 굳히고 있었다.

"성님, 길자 큰아부지도 저세상에서 참말로 좋아허시겄소."

이미 여맹에 가입해 활동하고 있는 남양댁은 더없이 반색을 했다.

"내가 지은 죄가 많은디 그리허면 죄 닦음이 될지 모르겄네."

외서댁이 한숨을 내쉬었다.

"성님, 억지 춘향으로 당헌 일 갖고 자꾸 죄졌다고 생각허지 마씨요."

남양댁은 동서의 심정을 충분히 이해할 수 있었다.

남양댁은 외서댁을 데리고 여맹 위원장 이지숙을 찾아갔다.

"부인께서 이렇게 여맹에 가입하시겠다니, 강동식 동무도 저승에서 기뻐할 겁니다."

이지숙은 외서댁의 손을 잡고 감격 어린 목소리로 말했다. 외서댁의 얼굴에 눈물이 번졌다.

한편, 김범우는 혼자 전주로 들어서다가 심문에 걸리고 말았다. 도시답게 거짓말이 통하지 않았다. 내무서에 끌려가 갇히기 전의 조사에서 '시당 문화선전부 손승호'를 되풀이했다.

손승호가 나타나기까지 두 시간이 걸렸다. 하지만 당원이 아닌 손승호의 힘으로는 철창문을 열 수 없었다. 풀려나는 길은 의용군으로 나가는 것뿐이었다.

김범우는 벽에 기대 앉아 있다가 옆 사람들이 가만가만 주고받는 소리에 문득 귀가 열렸다. '박두병이가' 어쩌고 하는 소리가 언뜻 스쳤다. 그는 이야기가 끝나기를 기다려 등을 벽에서 뗐다.

"저, 실례합니다. 아까 혹시 박두병이란 사람 이름을 말씀하셨는지요?"

자신이 잘못 들었을 거라고 생각하면서도 김범우는 그냥 지나칠 수 없었다.

"예⋯⋯. 그러기는 했는디요⋯⋯."

한 남자의 경계하는 대답에 김범우의 가슴은 쿵 울렸다.

"그 사람 지금 무슨 일을 합니까?"

"도당 조직 부장이구만요."

아, 그랬구나! 그의 편지가 끊긴 것은 좌익 활동에 따른 잠적 때문이었다.

손승호의 연락을 받고 박두병이 나타난 것은 한 시간이 미처 못 되어서였다.

"역시 자네가 맞군!"

박두병이 김범우를 얼싸안았다. 김범우의 머릿속에 하와이 포로수용소가 보이고, 해변의 파도 소리가 들려왔다.

"무슨 반동질을 하다가 전주에 와서 잡혔는가?"

내무서를 나서며 박두병이 사람 좋게 웃었다.

"미 제국주의자 스파이 노릇 했네."

김범우가 그의 어깨를 툭 쳤고, 둘이는 마주 보며 소리 내어 웃었다.

세 사람은 가까운 얼음과자집으로 들어갔다.

팥이 박힌 얼음과자가 커다란 접시 가득 나왔다.

"죄수 노릇 하느라 고생했으니 많이 먹소." 박두병이 김범우 앞으로 접시를 조금 밀고는 "자네, 손 형한테 잠깐 듣자니 회색 사상에 젖어 있던데, 나한테 교육 좀 받아야겠네."라며 웃었다.

"벌써 내통했나? 교육하는 건 좋은데 효과가 날지 모르겠네."

"효과가 안 나면 내 입장이 곤란해져."

박두병은 여전히 웃으면서 말했지만 그 말이 벌써 '교육'이라는 것을 김범우는 알아차렸다.

"자네가 아무래도 불량 학생을 맡은 게 아닌지 모르겠네."

"자질이야 우수하니까 별로 걱정 안 하네. 오늘 밤은 우리 집에서 묵도록 하게."

김범우는 두 시간 뒤에 다시 만나기로 하고 박두병과 헤어졌다.

"난 정말 자네가 의용군으로 나가는 줄 알았네. 천만다행이네."

손승호가 절레절레 고개를 저었다.

"자네 반동적 발언을 막 하는군. 역시 비당원은 어쩔 수 없다니까."

"참 사람, 배짱 한번 소가죽이네. 계속 농담이 나오니 원."

손승호가 픽 웃고 말았다.

박두병의 집에는 저녁상이 걸게 차려져 있었다.

술을 주고받으며 서로가 지나온 이야기를 했다. 김범우에 비해 박두병의 이야기는 무척 짧았다.

"난 전주로 돌아오자마자 좌익 활동을 시작했네. 그 길 말고는 다른 길이 보이지 않았어. 여순 병란 이후로는 고생 좀 했지. 그때 양키들 덕을 톡톡히 봤네. OSS 훈련 경험이 큰 도움이 됐으니까."

박두병이 말한 지나온 이야기의 다였다.

박두병은 이학송이나 손승호와는 달리 당의 간부로서 염상진과 같은 골수 공산주의자였다. 그는 자신이 신봉하는 이데올로기를 실현하기 위해 매진하는 열렬한 당원이고, 전쟁의 승리를 확신하고 있는 행복한 공산주의자였다. 그런 그가 자신의 생각을 용납할 리 없었다. 김범우는 그의 말을 듣기만 했다.

"아까 낮에 '교육'이라는 말을 했는데, 내가 어찌 감히 자넬 교육시키겠는가. 자네가 어떤 생각을 갖고 있든, 근본적으로 양키를 거부하는 이상 다른 생각은 개의치 않네. 그런데 자네가 분명히 알아 둘 것은 지금 자네가 공화국의 정치 현실 속에 있다는 점이시. 그것도 전쟁 중인 현실이네. 전쟁 상황에서는 모든 사람이 그렇듯이 자네도 권리는 유보하고 의무를 수행해야 하네. 의무 수행 거부는 체제 부정이고, 체제 부정의 결과가 무엇인지는 자네도 알겠지. 자네가 의무 수행을 받아들일 경우 당이 자네한테 부여한 선택권은 두 가지네. 손 형과 함께 도당 문화선전부에서 일하거나 의용군으로 참전하는 것일세. 내가 지금 자네한테 베풀 수 있는 우정을 굳이 따지자면, 그 두 가지 선택권이나마 마런했다는 것이네. 결정은 내일 아침까지시."

김범우는 의미 모를 웃음을 얼굴에 담은 채 고개를 *끄덕*이고만 있었다.

그 일은 9월과 더불어 시작되었다. 다들 생전 처음 당하는 일이라 어리둥절했다. 아무도 그 일을 이해하지 못했다. 사람들은 끼리끼리 모여 불평했다.

농민들의 흥분과 기대 속에 논밭 분배는 신속하고 공평하게 이루어졌다. 사람들이 그 흥분에 취해 있을 때 그 희한한 일은 시작되었다.

재산과 농산물 수확량 조사가 그것이었다. 집집마다 하는 그 조사는 인민군 한 명과 여맹원이나 민청원 네댓 명이 한 조를 이루어 나왔다. 인민군은 평소와 다름없이 공손했고, 다른 사람들도 자기들이 무엇을 조사하러 나왔는지 자세하고 친절하게 설명했다. 일정 때부터 '조사'에는 넌더리가 나고 공포감마저 가지고 있었지만 사람들은 농지분배로 기분이 좋아 아무 거부감 없이 조사원들을 대했다. 그런데 조사가 시작되면서 사람들은 당황하기 시작했다.

조사원들은 돼지와 닭의 수를 세었으며, 감나무의 감을 헤아리고, 텃밭의 고추 수를 따졌다. 그리고 울타리에 매달린 익은 호박

의 수까지 장부에 적었다. 그 일을 끝낸 조사원들은 논밭으로 가서 수수밭에서 수수목 하나에 달린 수수알을 일일이 센 다음 밭 전체의 수수대 수에 그 수를 곱했다. 조밭에서는 깨알보다 작은 조알을 종이 위에 털어 하나하나 세었다. 그걸 보고 사람들은 벌린 입을 다물지 못했다. 논에서도 마찬가지였고, 논두렁에 심은 콩이나, 밭 가장자리에 심은 고추도 제외하지 않았다. 2할 5부의 세금은 그 조사를 바탕으로 징수될 계획이었다.

"요것이 대체 뭐 허는 짓거리여. 일정 때 수만 가지를 공출로 피를 빨렸어도 달구 새끼 대가리 세고, 돼지 새끼 마릿수 세지는 않았다 그것이여.” “인민을 위헌다더니 알고 봉께 똥구녕으로 호박씨 깐단께. 제아무리 지독헌 지주라도 나락 알갱이를 세는 일이 있었간디?” “아무리 흉악헌 지주도 논두렁 콩이고 밭머리 고추는 따지는 않았다 그것이여.” “농지를 나눠 줬으니 세세히 조사혀서 세금 야물딱지게 매기는 것이야 당연하다고 쳐. 허나 또록 또록허게 생긴 나락 모가지를 골라서 세어 갖고 세금 때리면 쭉정이나 덜 달린 것은 어쩌라는 것이여.” “좌우간 이놈이고 저놈이고 믿을 놈 하나 없는 세상이랑께.”

사람들의 불평이 터졌다. 그 불만은 농지분배로 갖게 된 호감과 신뢰감을 빠른 속도로 허물어 갔다.

이런 반응에 대해 가장 먼저 문제를 제기한 사람은 이지숙이었다.

“이 사태는 그냥 둘 수 없는 중대 문제입니다. 당이 대응책을 빨리 마련해야 한다고 봅니다.”

“적절한 지적이오. 인민들의 불만이 어느 정도인지지 조사부터 했으면 좋겠소.”

염상진이 신중하게 말했다.

“여맹을 통해 조사한 자료가 여기 있습니다.”

이지숙이 공책을 염상진 앞으로 밀어 놓았다.

"세 사람이 돌려 보는 것보다 시간 절약을 위해 이 동무가 발표를 하는 게 좋겠소."

염상진 옆에 안창민과 하대치가 앉아 있었다.

"알겠습니다. 첫 번째 조사는 군 전체를 기초로 했고, 두 번째 조사는 전 여맹원들을 상대로 했습니다. 그런데 첫 번째 조사 결과 놀랍게도 100퍼센트 불만을 나타냈습니다. 불만 요인은 세 가지입니다. 첫째, 가축이나 기타 농작물에 대한 조삽니다. 둘째, 정확한 산출을 위한 낟알 세기가 몰인정하고 자기네에게 피해를 입히는 행위로 받아들여졌습니다. 셋째, 앞의 두 가지는 일제 때도, 지주들도 하지 않았다는 사실과 비교하고 있습니다. 여맹원을 상대로 한 조사 결과 역시 90퍼센트가 부정적인 반응을 보였습니다. 긍정적 반응을 보인 10퍼센트는 여맹원의 구성이 농가 부녀자들만이 아니라는 점을 참조해야 할 것입니다. 이상입니다."

한동안 아무도 말이 없었다.

"이 동무, 수고 많으셨소. 그런데 이 동무는 그 조사 결과를 보면서 당의 정책에 문제가 있다고 생각하시오?"

염상진의 말이었다.

"이번 정책에는 하자가 없다고 생각합니다. 그러나 시행에 문제점이 있음을 발견하게 됩니다. 소작 인민들은 오랜 착취 때문에 피해망상이 있고, 굶주려 왔기 때문에 자기를 보호하려는 생각이 강하며, 어떤 혜택이 오기만을 기다리고 있습니다. 그 점을 파악하고, 그들의 생각을 교육을 통해 바꿔 가면서 단계적으로 정책을 실시했어야 한다는 점을 지적하고자 합니다. 그러나 이 지적은 지나간 문제고, 지금은 인민들의 불만을 줄일 방안을 찾아야 한다고 봅니다."

이지숙이 이마의 머리칼을 쓸어 올렸다.

"옳은 말이오. 그러나 당에서 그 점을 고려하지 알았을 리 없고……. 단계적 시행을 못 하게 된 건 전쟁 때문에 불가피했을 거라고 판단되오."

염상진이 침통한 얼굴로 말했다.

"당이 처한 상황이 어렵기는 하지만, 그렇다고 농민들의 불만을 외면할 수는 없지 않습니까. 마땅한 비교일지 모르겠지만 모택동 동지의 홍군은 해방구를 만들어 가며 5만 리 대장정을 하면서도 전혀 세금을 걷지 않았습니다. 우리도 방법을 개선해야 합니다."

안창민의 말이었다.

"그렇소, 인민을 탓할 일이 아니오. 그런데 그 개선 방안이 문제 아니겠소?"

염상진이 담배를 피워 물었다.

"세금 징수에 다소 차질이 생기더라도, 집 안의 것은 제외했으면 합니다. 낟알을 세는 방법도 고쳐야 합니다. 그 방법이 정확하다는 보장도 없고, 설령 정확해서 인민들에게 이익이 된다 해도 그 방법은 반감을 사게 되어 있습니다. 당이 인민을 착취하려고 그 계산법을 사용한 것이 아닌데, 왜 반감을 사야 합니까. 그 때문에 혁명적 농지분배와 그에 따른 2할 5부에 지나지 않은 세금의 빛이 완전히 가려지고 있습니다."

이지숙의 얼굴이 붉게 물들었다.

"이 동무의 의견에 전적으로 동감이오. 곧 군 전체 회의를 열도록 합시다."

염상진이 손으로 머리를 받치며 말했다.

그러나 문제는 그것만이 아니었다. 원래 당중앙은 농업 생산물에 대한 세금을 걷는 시기를 추수 직후로 잡았다. 그러나 전선의 교착 상태가 길어짐에 따라 군량미 확보를 위해 그 시기를 앞당기지 않을 수 없었다. 급한 상황 때문에 그 일은 어쩔 수 없이 강제성을 띠었고, 고질적인 추궁기가 시작되는 시기와 맞물려 농민들이 곡식을 감추는 일까지 벌어졌다. 그리고 전선의 교착에 따라 인민군 모병도 피할 수 없는 일이었다. 그것 역시 인민의 불만 요소였다. 염상진은 머리 무거운 괴로움을 떼칠 수 없었다.

19

고구마 똥

김범우는 광한루에 앉아 땀을 식히고 있었다. 숲이 우거진 광한루 주변에는 매미 소리만 자욱할 뿐 춘향이와 이 도령의 사랑은 자취가 묘연했다.

만약 전쟁에 이겨 체제가 바뀌면 『춘향전』은 혁명적 작품으로 우대받을까, 아니면 반혁명적 작품으로 천대받을까. 글쎄……, 사또의 아들 이몽룡과 기생의 딸 춘향이가 계급 차별 없이 사랑을 나누는 대목까지는 혁명적인데, 이몽룡이 암행어사가 되어 춘향이를 구해 내면서 이야기가 끝나는 게 문제 아닌가. 춘향이가 이몽룡의 부인이 된다 해도 그건 계급 상승이지 계급 혁명이 아니란 말야. 계급 혁명이 되려면 이야기를 어떻게 꾸며야 하나…….

이몽룡이 양반 신분을 내던지고……. 춘향이와 결혼하고…….

"도당으로는 언제 가실랑가요?"

옆에 앉아 있던 남원 인민위원회 선전과장이 말을 걸어왔다.

"예, 두어 군데 더 들를 예정입니다."

"하루라도 빨리 돌면 좋겠구만요. 이리 인심이 돌아서서야 어찌 혁명이 되겠는가요?"

"이렇게 실태 조사를 하고 있으니 무슨 조처가 있겠지요. 그 전까지는 당이 인민들에게 해를 입히려는 것이 아니라는 점을 적극적으로 이해시켜야지요."

"그야 다 알지만 인민들이 맘을 딱 닫아걸고 이해를 안 헐라고형께 탈이지요."

"그동안 조사원들이 왜들 이렇게 야박하냐는 인민들의 항의에, 그저 위에서 시키는 일이라 어쩔 수 없다는 식으로 대응해 온 것이 문젭니다. 미리 조사원들을 충분히 교육시키지 못한 게 또 문제겠지요. 그 문제를 지금부터 해결해야 하니까 최선을 다해 주십시오. 그 외에는 다른 방법이 없지 않습니까?"

김범우는 열성 당원처럼 신념에 찬 어투로 말했다.

"근디 어째 후닥닥 끝장을 내지 못허고 날만 보내고 있을께라?"

선전과장이 전세에 대해 근심의 빛을 드러냈다.

"적이 최후의 저항을 하기 때문 아니겠습니까. 곧 인민군의 승리로 결말이 날 테니 우린 후방사업에 열중하도록 합시다. 이만 일어나지요."

말이 길어지는 게 싫어서 김범우는 말을 정리하고 일어섰다. 교착 상태에 빠진 전세에 대해 조직원들은 거의가 염려스러워했다. 낙동강에서 정지해 버린 전선은 아무 변화 없이 한 달 가까운 날을 허비하며 9월로 접어들었다. 간부들 사이에 불안한 기색이 드러난 것도 그즈음부터였다. 김범우는 자신의 예상이 들어맞는 것 같아 우울했다.

"가실 길이 먼디 요것 좀 지니시세라."

선전과장이 종이에 싼 것을 내밀었다.

"아니, 이게 뭡니까?"

"햇고구마가 나와서 좀 샀구만요."

"이거 폐 아닙니까."

"요것이야 우리끼리 나누는 정인디요. 남원 땅에 오셨으니 소리라도 한 자락 듣고 뜨시게 혀야 허는디, 전쟁통이라 손님 대접이 그리 안 되느만요."

선전과장이 정말 미안한 얼굴로 말했다. 소리의 고장에 사는 사람다운 말이었다.

"별말씀 다 하십니다. 그럼, 고맙게 먹겠습니다."

김범우는 고구마를 받아 들며 웃었다.

"전쟁에 이기고 나면 꼭 한번 만나십시다. 오늘 못 들으신 남원 소리 곱쟁이로 대접헐랑게요."

"그러지요. 그럼 안녕히 계십시오."

"예, 먼 길 무사히 댕겨가시씨요."

김범우는 종이를 들고 걷기 시작했다. 선전과장의 마음처럼 고구마의 온기가 손바닥에 느껴졌다.

김범우가 남원으로 출장온 것은 재산 조사에 따른 농민들의 불만을 도당이 직접 파악하기 위해서였다. 세금 징수를 위한 재산 조사와 그것에 불만을 나타낸 농민들의 문제는 새로운 정책의 시행이 얼마나 어려운지 보여 주는 본보기였다. 당이 세금을 정확하게 매길 목적으로 과학적인 조사 방법을 동원한 것이 낟알 세기였다. 그리고 공산주의 국가에서 규정하는 재산의 범위가 개인이 생산한 모든 것임은 당연했다. 그 조건 아래서 농지를 무상으로 분배받은 농민들은 2할 5푼의 세금만 내면 그만이었다. 그렇게 되면 가축까지 세금원으로 넣어도 세금은 3할 미만이었다. 전에는 거의가 소작료로 5할을 지주에게 바치고, 세금은 또 따로 내야 했다. 새 법에 따르면 전에 비해 배 이상 이익인데도 농민들은 거칠게 반발했다. 이해·납득의 과정 없었기 때문이었다. 농민들은 자기들이 어엿한 자작농이 되었다는 사실은 제쳐 두고, 소작인 시절에 지주한테도 간섭받지 않던 논두렁의 콩을 세는 것에 열을 올렸다. 지주들이 논두렁의 콩이나 밭고랑의 고추를 못 본 체하고 넘긴 것은 결코 소작인을 위해서가 아니었다. 고양이도 쥐를 막다른 길로 몰지 않는다는 것처럼 그건 소작인들의 숨통을 틔워 주는 지주들의 교활한 지배 방법이었다. 기대에 부푼 농민들과, 전시의 급박함 속에서 정책 선전 활동을 제대로 못한 당 사이에서 벌어지는 괴리 현상을 김범우는 괴로운 심정으로 겪고 있는 참이었다.

김범우는 일단 일을 하기로 정하자 적극적으로 나섰다. 그게 성미에도 맞았고, 역사의 흐름을 따라가는 바른 태도라고 생각했다. 결과에 대한 불안한 예측은 어디까지나 개인적인 생각일 뿐이었다.

김범우는 걸으면서 종이를 펼쳤다. 고구마 네댓 개가 나왔다. 문득 가슴이 뭉클했다. 고구마는 쑥떡·개떡과 함께 가난한 사람들의 목숨줄을 이어 주는 음식이었다. 가난한 사람들은 양식이 떨어지는 겨울 막바지에 이르면 어른 아이 없이 고구마 한 개씩으로 하루살이를 해냈다. '고흥 놈들 고구마 똥'이라는 말이 있었다. 섬이나 다름없는 고흥은 밭이 태반인 데다 땅이 거칠어 고구마 농사를 많이 지었다. 세 끼를 고구마만 먹다 보면 그 똥도 '고구마 똥'이 될 수밖에 없었다. 곡식 없이 겨울나기를 해야 하는 고달픈 삶을 일컫는 말이었다.

김범우는 고구마를 하나 집어 뭉텅 베 물었다. 고구마는 어디까지나 간식이어야 했다. 농지를 고루 나누면 그렇게 될 수 있었다. 그런데 새로운 농지개혁이 상호 이해의 불충분으로 말썽을 빚고 있었다. 김범우는 하루빨리 그 오해가 해소되기를 바랐다.

몸을 숨긴 지 47일 만에 율어 지서장 이근술이 체포되었다. 그가 잡혔다는 소식은 율어면을 삽시간에 휘돌았다.

"여태 잘 피해 있다가 어찌 잡혔능고?"

"윤샌 집 헛간 잡동사니 속에 숨어 있었는디, 방정맞은 두 아새끼가 숨바꼭질을 하다가 즈그들 숨는다고 해필 그 잡동사니를 허물었다고 안 허요."

"워메, 저것을 어쩔끄나! 그려서?"

"잡동사니가 허물어지면서 머리카락에 수염이 길게 난 지서장이 불쑥 솟은 것이제. 그런게 간 떨어지게 놀란 두 아새끼가 고샅으로 뛰면서 귀신이야, 도깨비야, 소리소리 질렀제라."

입에서 입으로 전해진 이근술이 잡힌 경위였다.

"근디, 지서장은 어째서 안 피혔을꼬?"

"고것 따져 봐야 다 새 날아간 소리고, 시방 다급헌 것은 지서장이 어찌 되느냐 허는 것 아니었어?"

"어찌 되기는, 그 맘 좋은 지서장이 무슨 죄가 있다고."

"태평스럽게 생각헐 일이 아니여. 아무리 맘이 좋아도 지서장은 경찰이란 말이시."

"순사질 해 먹었다고 지서장 같은 사람을 죽이면 인공 세상도 어디 사람 살 세상이겠소?"

"지서장을 살릴 무슨 방도가 있을랑가."

"지서장 덕에 살아난 보도연맹 사람들이 나서면 어찌 죽이겠소?"

"잉, 고것 참 좋고 존 방도시."

이근술을 염려하는 말들이 입에서 입으로 전해졌고, 그의 배려로 예비검속에서 죽음을 면하게 된 스물일곱 사람은 이미 한 덩

어리로 뭉쳐 구명 운동을 펼쳤고, 면민들도 구명 운동에 나섰다.

그 사건의 보고서를 읽던 염상진은 깜짝 놀랐다. 군에서 유일하게 예비검속이라는 만행을 저지르지 않은 율어 지서장이 율어에 혼자 숨어 있었다니!

예비검속에서 살아난 사람들과 면민들이 구명 운동에 나서지 않았더라도 스물일곱 사람이나 살려 준 그를 죽일 이유가 없다고 염상진은 생각했다. 그러나 그가 혹시 어떤 목적을 가지고 숨어 있었던 것은 아닌지 의심이 갔다. 만약 그렇다면 그를 살려 주지 못할 수도 있었다.

염상진은 관할 지역을 돌고 있는 김범준이 떠올랐다. 그는 마침 보성군을 거쳐 고흥군으로 가는 길에 집에 머물고 있었다. 염상진은 그에게 율어에 함께 가자고 하면 어떨까 하는 마음이 생겼다. 겉으로는 희귀한 사건을 목격시키고 그 처리에 대한 의견을 듣겠다는 생각이었지만, 속으로는 그와 함께 보내는 시간을 갖고 싶은 욕심이 작용했다. 그와의 첫 대면 이후 서로 바빠서 제대로 이야기를 나눌 기회를 갖지 못했다. 김범준은 소년 시절부터 흠모해 온 대상으로서 부족함 없었다. 공산주의자로서 항일 빨치산 투쟁을 했다는 사실 앞에서 염상진은 그저 온몸이 조여드는 위축감을 느꼈다. 그 투쟁 경력이야말로 아무 사족이 필요 없는 골수요 정통이었다. "저는 범우 친굽니다. 소학교 때부터 존경하고 있었습니다." 염상진은 자신의 마음을 솔직하게 나타내는 것으로 첫인사를 삼았다. "아, 범우 친구요?" 김범준은 반색을 하며 손을 잡았고 "부끄럽소, 완전한 독립을 쟁취하지도 못했는데."라며 쓸쓸한 웃음을 지었다. 김범준은 동생 범우의 사상적 동향을 알고자 했다. 염상진은 간략하게 설명했다. "민족의 발견……. 그 말 한번 재미있군. 반민족 세력을 제거하고, 열강의 틈바구니에서 살아남기 위해 이념 투쟁에 앞서 민족의 단합을 꾀하자는 뜻이라니, 현실성은 약해도 논리성은 강하군. 민족은 백번 강조해도 지나치지 않으니까." 김범준은 혼잣말을 하듯 느릿느릿 말했다. 첫 대면은 그것으로 끝났다.

염상진은 김범준에게 전화를 걸어 사건 내용을 간추려 말하고, 가능하면 같이 가자고 했다.

"그것 참 드문 경찰관이오. 가 보도록 합시다."

염상진은 김범준 같은 혁명 투사와 함께 걷는다는 사실만으로도 가슴이 벅찼다. 그는 과묵한 인상이었고, 말을 하면서도 자신의 말을 되새겨 생각하는 것처럼 보였다. 그래서 더 무게를 느끼게 했고, 궁금한 것이 많으면서도 함부로 물을 수 없었다. 김범우의 생각에 대해서도 자신은 일찌감치 감상적 민족주의자로 단정해 무가치한 것으로 여기고 말았는데 그는 색다른 판단을 내리고 있었다. '민족은 백번 강조해도 지나치지 않으니까.'라던 말의 의미를 어떻게 이해해야 좋을지 알 수 없었다.

염상진은 안창민과 함께 횡계다리목에서 김범준을 만났다.

"여쭤 봐도 괜찮을지 모르겠습니다만, 전황을 어떻게 전망하시는지요?"

얼마쯤 걷다가 안창민은 가슴에 묻어 두었던 궁금증을 풀어놓았다.

김범준은 묵묵히 걷다가 "미군……. 미군이 문제요."라고 신음처럼 말했다.

그들은 걷기에만 열중해 주리재까지 한달음에 치올랐다.

"전에 민족에 대해서 강조하셨는데……. 그게 어떤 뜻인지요?"

염상진이 신중하게 말을 꺼냈다.

"아, 그 생각을 지금까지 하고 있소?" 김범준은 염상진을 옆 눈길로 보고는 "계급 혁명을 전제로 한 공산주의 운동에서 민족문제를 어떻게 다루느냐 하는 것은 아주 중대한 문제가 아닌가 싶소. 중국공산당의 혁명 성공에는 여러 요인이 있는데……. 거기에 민족문제가 어떻게 작용했는지 따져 볼 필요가 있소. 중국공산당은 처음부터 마르크스·레닌주의에 입각하되 민족 자주적 혁명을 분명히 했소. 그러니까 중국인의 힘으로 중국 민족을 위한 공산주의 혁명을 추진한다는 노선에 따라 전략·전술이 수립되었소. 우리가 공산혁명을 하는 것은 중국 민족을 소련에 넘겨

주거나 예속되기 위해서가 아니라는 말을 모택동 주석이 했던 것도, 다 그 노선에 따른 것이었소. 그런데 조선공산당은……. 민족 반역 세력에게 '민족'을 도용당하고 말았소. 그자들이 어찌 감히 '민족진영'이란 말을 쓸 수 있느냐 말이오. ……그자들이 뻔뻔스럽고 교활한 데도 원인이 있지만, 그보다 먼저 조선공산당이 민족을 등한히 한 데 문제가 있을 것이오. 공산당 쪽에서 계급과 함께 민족을 내세웠다면 그자들이 어찌 민족을 도용할 수 있었겠소. 그리고 공산주의 이념 아래 세계 인민의 해방을 주창해 온 소련은 조선 문제를 놓고 제국주의자 미국과 한 탁상에 앉아 신탁통치안을 만들었소. 그건 소련이 저지른 분명한 오류이고, 조선공산당은 조선 민족의 이름으로 그 오류를 시정하게 했어야 하는 거요. 중국공산당과 조선공산당의 차이가 여기에 있소."

김범준은 깊은 한숨을 쉬었다. 염상진과 안창민은 충격에 부딪쳤다. 두 사람은 당혹스런 얼굴로 서로를 잠시 마주 바라보았다. 김범준의 말은 자신들이 생각해 보지 않은 문제였고, 비판이었다. 염상진과 안창민은 그의 예리한 안목에도 놀랐지만, 그런 위험한 비판을 가하는 데 더욱 놀랐다.

분주소에 도착할 때까지 아무도 더는 말이 없었다.

세 사람 앞에 이근술이 끌려왔다. 헛간에 갇혀 먹는 것이 부실

했던 이근술의 얼굴은 삐쩍 말라 있었다. 긴 얼굴은 더 길어 보였고, 수염이 더부룩한 데다 머리칼까지 길어 모습이 사람 꼴이 아니었다.

"그 걸상에 앉으시오."

염상진의 말에 따라 이근술이 퀭한 눈을 껌벅이며 걸상에 앉았다.

"이분은 지구 사령관이시고, 난 군당 위원장이오. 그리고 이 분은 부위원장이오." 염상진이 신분을 밝히고는 "지금부터 당신을 취조하겠소. 묻는 말에 사실대로 대답하기 바라오. 위장술을 쓰려고 해서 우리가 경찰 간부인 당신에게 갖추는 예우가 깨지는 일이 없도록 해 주시오."라며 이근술의 눈을 바라보았다. 이근술은 멍한 눈으로 염상진을 바라보기만 했다.

"경찰들은 한꺼번에 후퇴했는데, 왜 당신 혼자만 남아 있었소?"

"어쩐 일인지 여기 지서에는 아무 연락이 없어 그런 일이 일어났구만요."

"그게 도대체 무슨 소리요. 그럼 당신 부하들은 어떻게 된 거요?"

"긍께 들어 보시게라. 아무 연락도 못 받고 태평허게 24일을 보내고 25일이 되았는디 차석이 어디서 알아 왔는지, 온 경찰이 전날 후퇴했고 인제 인민군이 코앞에 닥쳤다고 보고를 허드랑께요.

하도 말 같지 않은 소리라 본서로 전화를 걸어서 알아봉께 고것이 사실이드랑께라. 부하 셋을 불러 아무 데로나 피허라고 보내놓고, 나 혼자 문서 챙기고 어쩌고 허면서 하룻밤을 보내고 봉께 어디로 피헐 도리가 없이 세상이 달라지고 말았드만요. 그려서 가까운 데 숨은 것이제라."

"우리가 알고자 하는 건 왜 이곳에만 연락이 취해지지 않았느냐 하는 점이오."

"나도 그 이유를 캐낼라고 애를 썼는디, 본서 서장허고 한바탕 다툰 건이 마음에 짚이기는 허는구만요. 허나 고것도 내 추측일 뿐이제라. 그런 일로 작전 지시를 안헌다는 것은 있을 수 없는 일 잉께요."

"그 다툰 일이 뭐요?"

"예비검속 때 여기서만 총질이 없었는디, 그 일로 서장이 나헌테 책임 추궁을 혔제라. 그러다 말싸움이 벌어졌는디, 서장은 무조건 시행 명령이라고 혔고, 나는 현지 책임자의 판단 권한이라고 혔고, 쪼깐 고약스런 일이었제라."

"이 지서장은 왜 처형하지 않았소?"

염상진은 '당신'을 '이 지서장'으로 바꾸었다. 그는 그 일로 이근술이 보복당했을지 모른다고 생각했다.

"진짜배기 좌익이야 다 산에 있고, 모이라면 모이고 가라면 가는 그 순헌 사람들이 좌익이 아니란 것을 뻔히 알면서 어찌 총질을 허겄는게라. 그것뿐이구만요."

"됐습니다, 조사 끝났습니다. 들어가 쉬고 계십시요."

무표정하게 일어서는 이근술을 대기하고 있던 두 청년이 양쪽에서 붙들었다.

"어떻게 생각하십니까?"

염상진이 김범준에게 물었다.

"진실한 사람이오."

"어떻게 생각하시오?"

염상진이 안창민에게 물었다.

"거짓이 없는 것 같습니다."

"확실히 하기 위해 저 사람을 숨겨 준 집주인을 보충 조사를 해 보는 게 어떻겠습니까?"

염상진이 다시 김범준에게 물었다. 김범준은 그저 고개를 끄덕였다.

집주인의 말에서도 이근술이 숨어 있는 동안 의심받을 만한 행동을 한 일은 없었다.

이근술이 다시 불려 나왔다.

"면 인민 전체의 뜻을 존중하여 이 지서장의 석방을 결정하는 바이오."

염상진의 말이었다.

이근술은 무표정하게 앉아 있었다.

인천은 불바다라고 했다. 상륙을 위한 무차별 함포사격으로 인천 시내는 불바다만이 아니라 피바다라고 했다. 신문사 안은 그런 소식으로 술렁거렸다.

"이거 어드렇게 된 기야, 이거."

"내래 어찌 알갔소."

"이거 우리 정보대는 낮잠만 자고 있었다는 결론 아니갔소."

"허를 찔려도 이렇게 찔릴 수가 있갔소. 앞으로 어찌해야 되는 기요?"

억양이 거센 이북 말들이 신문사 안을 어지럽게 날아다녔다.

이학송은 혼자 책상에 앉아 있었다. 그 사태는 그야말로 돌발적이었다. 그러나 그건 이쪽 입장일 뿐, 적들은 벌써 오래전에 계획한 작전일 것이었다. 적의 배들은 부산 쪽에서 출발해서 남해안을 거쳐 서해안을 따라 인천 앞바다에 이른 것이다. 그 이동 기간만 해도 며칠이 걸렸을 것이다. 그런데 이쪽에서는 그 움직임을 까마득하게 모르고 있었다. 해군력이 아예 없으니 당연한 결과였다. 육군·공군에 이어 미국은 마침내 해군까지 동원한 것이다. 육·해·공군의 삼면 입체 작전 앞에 이쪽은 육군

밖에 없었다.

"이 선배, 이게 우찌 된 일인교?"

《국도신문》에서 함께 일했던 유재웅이 다가오며 물었다. 거침없는 사투리가 튀어나온 것으로 보아 그의 감정 상태가 어떤지 짐작이 갔다. 이학송은 그런 그를 물끄러미 바라보기만 했다.

"이 선배는 우째 그리 태연할 수 있는교?"

"내가 태연해 보이오? 그럼 다행이군."

이학송은 피식 웃으며 자리를 고쳐 앉았다.

"앞으로 우찌 될 것 같습니꺼?"

"내 생각으론 어려울 것 같소, 막아 내기가."

이학송이 낮은 목소리로 말했다.

"그렇겠지요? 군대가 다 낙동강 전선에 몰려 있으니 언제 와서 막아 내겠는교. 그럼 우찌 되는교?"

유재웅의 목소리가 더 낮아졌다.

"후퇴밖에 더 있겠소?"

"이북으로 간다 그 말입니꺼?"

"그만합시다."

이학송은 자리에서 일어서 변소로 갔다. 변기 앞에 섰지만 소변이 나오지 않았다. 제길, 똥줄이 탄다더니 오줌줄이 타는 모양이군. 그는 씁쓰레 웃으며 창밖으로 눈길을 보냈다. 네모난 하늘에서 문득 가을이 느껴졌다. 아, 벌써……. 그는 오늘이 9월 16일이라는 것을 떠올렸다. 가슴이 무거웠다. 미군은 상륙 작전을 감행한 이상 승리를 위해 병력 손실도 개의치 않을 것이다. 상륙 작전이란 병력 손실을 무릅쓰고 적진으로 뛰어드는 무모하고도 과감한 작전이었다. 현실적으로 그 미군을 막아 낼 도리가 없었다. 김범우의 예상이 들어맞은 셈이었다. 후퇴를 하게 되면……. 아내와 세 아이의 모습이 떠올랐다. 군인과 경찰이 다시 서울을 차지하면 공산주의자는 물론이고 부역자 색출을 대대적으로 벌일 테고, 발붙일 곳이 없을 것이다. ……후회하는가? 그렇지는 않다. 정당한 역사 행위라고 판단하고 선택했다. 그 판단에는 변함이 없다. 그럼 함께 후퇴해야 하겠지? 처자식은 어쩌지? 후퇴가 영원한 이별은 아니니까……. 이학송은 후퇴하면 따라가기로 마음을 정했다.

"이 기자, 취재진을 짰으니까 빨리 인천으로 떠날 준비하시오."

사무실로 돌아오자 취재부장이 말했다.

"알겠습니다."

그건 기다리고 있던 일이었다. 인천을 통해 또다시 허리를 자르려 드는 미군의 그 무모하고도 과감한 상륙 작전의 현장을 확인하고 싶었던 것이다.

항구도시 인천은 갈가리 찢기고 불타면서 죽어 가고 있었다.

바다 쪽에서 꼬리에 꼬리를 물고 날아오는 폭탄은 아무 데나 곤두박이며 불길을 토했다. 쉴 새 없이 폭탄이 터지고 있는 시가지에는 아예 접근할 수도 없었다. 이학송 일행은 야산 마루에서 폭격에 불타는 처참한 도시를 지켜보았을 뿐이다. 바다 쪽에서는 숨 막히도록 폭탄이 날아오는데 이쪽에서 바다 쪽으로 날아가는 폭탄은 아예 없었다. 저 난장판 속에서 얼마나 많은 사람이 죽어가고 있을까……. 민간인마저 적으로 취급하는 초토화작전이었다. 인천은 위로는 불바다가, 아래로는 피바다가 되지 않을 수 없었다.

전쟁은 명분으로 시작되어 살인과 파괴를 거친 다음 잿더미로 끝난다……. 이학송의 머리에 떠오른 생각이었다.

"분빠바 분빠바 잘헌다, 부분분빠 잘헌다 ―. 막 퍼부어 뿌러! 괴뢰군 놈들 씨도 안 남게 더 퍼부어 뿌는 것이여!"

현오봉은 소대장이라는 체신도 잊고 고개를 뒤로 발딱 젖혀 하늘을 올려다본 채 신바람이 나 있었다.

"진작 그리했어야지, 지금까지 뭐 허고 있었드노?"

"옳지, 괴뢰군 놈들 카악 다 뭉카 뿌러라."

"위메 시원헌거. 괴뢰군 놈들 다 죽게 생겼다."

소대원들도 하늘을 올려다보며 마음대로 떠들어 댔다.

강 건너편 하늘에 몸집이 큰 B29 수십 대가 하늘을 덮듯이 하고 강변을 따라 느리게 날아가며 끝없이 폭탄을 떨어뜨렸다. 일정한 간격으로 폭탄을 촘촘히 떨어뜨려 적에게 치명상을 입히는 융단폭격이었다. 조준도 명중 확인도 필요 없는 융단폭격은 전쟁 물자가 많지 않고서는 쓸 수 없는 작전이었다. 한 떼의 비행기가 사라지면 다른 비행기 떼가 나타나 똑같은 방법으로 폭격을 했고, 그것이 사라지면 새로운 비행기 떼가 나타나고는 했다.

"다들 들어라. 폭격이 끝나면 강을 건너 진격이다. 저 폭탄 세례를 받고 살아남을 적은 얼마 안 된다. 그놈들을 우리가 밀어붙인다. 인천 상륙 작전 성공으로 위에서 밀어붙이고, 아래서 우리가 밀고 올라가면 괴뢰군은 독 안에 든 쥐다! 이제 그 쥐를 때려잡는 일만 남았다. 다들 단단히 각오하도록. 알겠나!"

"예엣!"

"좋아, 각자 위치."

빠르게 흩어지는 소대원을 바라보며 현오봉은 느긋하게 웃었다. 그는 전쟁의 공포감에서 서서히 벗어나 이제 자신감에 차 있었다. 시체 썩는 냄새에 속이 뒤집히지도 않았고, 입에 구더기를 가득 물고 썩어 가는 시체도 예사로 보아 넘겼으며, 폭탄이 머리 위를 날아다녀도 밥을 먹을 수 있었다. 그런 변화와 함께 그의 마음속에는 미군에 대한 신뢰가 굳게 자리 잡았다. 미군의 지원 폭

격이 아니었다면 강을 넘어오는 적을 막지 못했을 것이다. 미군의
그 막강한 힘이 전선을 지키고 자신의 목숨도 지켜 준 셈이었다.
그런데 마침내 총반격이 개시되면서 B29가 적진을 맹타하는 것
을 보고는 그 신뢰가 더 강해졌다.

20

소용돌이

술상에는 생선회를 담은 커다란 접시를 중심으로 안주가 그득했다. 마주 앉은 사람이 둘인 데 비해 술상은 너무 컸고, 안주도 너무 많았다.

"까놓고 얘기해서 그 물건들이 니 것이오 내 것이오. 그게 우리 나라 물건인데 손을 댄다면 그야말로 반역자지요. 허나 물자가 남아 주체를 못하는 사람들 물건인데 무슨 상관이요. 막말로, 사 람은 들끓는데 물자는 부족한 부산 바닥에서 그런 물자라도 캐 내서 사람들 살아가게 만드는 것이 애국 아니겠소? 대장님한테 어려운 부탁을 하는 것도 아닙니다. 관할구역에서 검문하지 말고 모른 척 눈감아 달라는 것뿐입니다."

"그러다 나한테 불똥이 튀면 어쩝니까."

"아하, 다 연줄연줄 얽혀 있으니 그럴 염려는 절대로 없어요. 박 대위만 앞길이 창창한 줄 아시오? 나도 정치 인생이 창창한 사람인데, 일을 허술하게 해서 얼굴에 똥칠할 것 같소? 염려 말고 나하고 인연을 맺어 봅시다."

"무슨 말씀인지 알겠습니다만……. 그래도 그게……."

"박 대위, 우리가 전쟁을 하는 통에 신나게 재미 보는 놈들이 누군지 알지요?"

"일본 놈들 아닙니까."

"일본 놈들은 닫았던 군수물자 공장들을 돌리기 시작했고, 소고기다, 닭이다, 밀가루다, 하다못해 계란까지, 미군 식당에서 쓰는 물건은 다 팔아먹고 있소. 그런데 우린 재미 보는 것 아무것도 없잖소? 터놓고 말해서 미국이 즈이 좋아서 하는 전쟁이고, 물자를 많이 없앨수록 경제가 잘 돌아가는 부자 나라 덕을 우리도 좀 보자 그거요. 미국이 총반격을 개시한 지금이 좋은 기회요. 물자가 산더미로 들어오고 있잖소? 박 대위, 계급이 높아질수록 군인 생활에 돈은 필수조건이오. 어떻소, 날 도와주시겠지요!"

"좋습니다. 최 의원님만 믿겠습니다."

"고맙소, 잘해 봅시다."

남자가 박 대위에게 팔을 내밀었다. 두 사람이 손을 마주 잡았다. 그 남자는 최익승이었다.

　배를 구해 한강을 건넌 최익승은 일단 고향으로 내려왔다가 사태가 점점 불리해지자 몸 피할 데를 찾았다. 사촌 최익달이 안전한 섬을 찾아 놓았다고 했지만 그 말은 귓등으로 흘렸다. 섬이라 해도 육지의 정치 바람이 안 미칠 리 없고, 연고가 없는 데서 험한 꼴 당하면 그야말로 속수무책일 수밖에 없었다. 그는 정부와 경찰의 움직임을 살폈다. 정부와 경찰를 따라다니면 거기가 가장 안전한 피난처라는 걸 그는 알고 있었다. 그런데 정부가 대전에서 대구로 옮기더니 뒤따라 광주와 목포가 점령당하고 말았다. 그는 경찰이 부산 쪽으로 빠진다는 것을 알아내고는, 경찰보다 하루 먼저 여수로 내달았다. 거기서 배를 구해 부산으로 간 그는 돈벌이를 찾았다. 태평양전쟁 때 톡톡히 재미를 보았던 그는 전시 경기의 물결을 타면 그처럼 손쉬운 돈벌이가 없다는 것을 알고 있었다. 그의 눈에 잡힌 것은 사람이 넘쳐 나는 부산이었다. 그 많은 사람들에게 가장 시급한 것은 먹는 일이었다. 그는 쌀장사를 시작했다. 물론 소매상이 아니라 어디까지나 사업으로서의 쌀장사였다. 쌀을 사서 창고에 쟁인 다음 슬슬 풀기만 하면 돈은 벌리게 되어 있었다. 예측대로 쌀값은 날마다 치솟았고 그는 쉽게 돈을 벌었다. 그러나 쌀장사만으로 만족할 수는 없었다. 부산항에는 수많은 미군과 함께 어마어마한 전쟁 물자가 쌓여 있었다. 그는 거기에 눈독을 들였다. 그러나 자칫 생명까지 위험한 군수물자 취급에 직접 뛰어들 수는 없었다. 그는 뒤에 멀찍이 물러앉아 다리를 놓아 주고 이익배당을 받기로 했다. 그의 국회의원 경력이 날개를 달기 시작했다. 그의 명함에는 '제헌국회 의원'이란 경력이 뚜렷하게 박혀 있었다.

9월 26일, 김범우와 손승호는 박두병의 집으로 아침밥을 먹으러 갔다. 추석이었다.

"이게 햅쌀밥이네. 어서들 드세. 전쟁으로 세상이 시끄러워도 나락은 변함없이 영글었네."

박두병은 웃음 지으며 말했지만 얼굴에 침울함이 묻어났다.

그 이유를 알고 있는 두 사람은 말없이 숟가락을 들었다.

"추석을 타향에서 쇠게 돼서 안됐네. 많이들 먹게."

박두병이 굳이 두 사람을 청한 것은 타향에서 추석을 쇠는 기분을 위로하려는 것보다 예측할 수 없는 앞날을 두고 서로 마주 앉으려는 뜻이 더 컸다.

"사태가 어찌 돼 가고 있는가."

김범우는 일부러 '어찌 될 것 같으냐.'고 가정으로 묻지 않았다.

"견디기 어려울 것 같네."

한참 동안 말이 이어지지 않았다.

"상륙 작전에 걸려든 상태에서 어디로 후퇴해야 하나? 자네도 알다시피 상륙 작전은 차단 작전이고 교란작전이네. 서울 쪽은 이미 차단됐고, 해안이 봉쇄된 상태에서 곧 교란작전이 시작되지 않겠나."

김범우의 말이었다.

"거기에 맞는 대응책을 찾아야지."

또 말이 끊겼다. 김범우는, 후퇴 날짜는 정해졌냐고 물으려다 그만두었다. 그건 끝까지 지켜야 할 비밀일지 몰랐다. 오늘로 3개월이구나…… '해방전쟁'은 '3개월 전쟁'으로 해방이 무산되고 있었다. 김범우는 자신의 예상이 현실로 다가온 게 허망하고 안타까웠다. 미국은 결국 한 민족이 스스로 열어 가려고 하는 길을 자기네 이익을 위해 가로막고, 동강 내고, 좌절시키고 있었다.

"후퇴는 일시적이네. 미국이 만행을 부린 이상 소련이나 중국도 가만있지는 않을 테니."

박두병이 강한 어조로 말했다.

"미안하네만, 그게 당의 견해인가, 자네 개인적인 생각인가?"

김범우가 박두병을 주시했다.

"그야 나 혼자 생각이지."

"그런 기대는 안 하는 게 좋지 않을까? 그렇게 되면 국제전으로 확대되는 건데, 소련이나 중국이 미국을 상대로 쉽게 전쟁을 벌일 것 같나? 미국은 지금 세계에서 유일하게 원자폭탄을 가진 나라네."

눈을 내리깐 박두병은 아무 대꾸가 없었다.

"그만 일어나세. 출근 시간 다 됐네."

손승호가 시계를 들여다보았다.

"벌써 그리됐나. 이거 명절날도 쉬지 못하고……."

박두병도 시계를 보았고 세 사람은 일어섰다.

사무실에 도착하자마자 일거리가 김범우를 기다리고 있었다.

"김 동무, 이리를 거쳐 군산까지 다녀와야겠소. 전화로는 상황 파악이 잘 안 되니까 직접 확인해 주시오."

김범우는 바로 사무실을 나서 쉬지 않고 걸었다. 초록빛이 사위어 가는 넓은 들녘이 눈에 들어왔다. 수백 리를 걸으며 인민의 불만을 조사하던 일이 허탈하게 느껴졌다. 세금을 한 번도 걷지 못한 채 농민들에게 나쁜 인식만 준 것이 안타까웠다.

김범우는 이리를 거쳐 군산까지 갔다. 군산 앞바다에 미군 함정들이 모습을 드러낸 것을 확인하고는 서둘러 전주로 돌아왔다. 밤 9시가 다 되어서였다. 시내로 들어서면서 김범우는 무슨 사태가 벌어졌음을 직감했다. 어둠 속에서 움직이는 사람들의 수선스러움과 어디선가 끼쳐 오는 섬뜩함이 그의 신경을 곤두세웠다.

후퇴가 시작됐구나! 김범우는 도당 사무실까지 뛰어갔다.

도당 사무실은 텅 비어 있었다. 김범우는 무릎이 휘청 꺾였다. 자기 책상으로 가 보았다. 남겨 놓은 지시는 없었다. 이럴 수가! 김범우는 의자에 주저앉았다. 전쟁마당에서 소속을 잃어버리는 것은 상상하기 어려운 공포와 절망에 빠지게 했다. 올 줄 뻔히 알면서 왜 목적지를 알리지 않았을까. 그렇게들 정신이 없었단 말인가. 내가 돌아오는 동안 미군이 상륙했다는 연락을 받은 게 틀림없다. 정보 누설 때문에 목적지를 적어 놓지 못한 것일까.

김범우는 사무실을 나와 하숙방으로 갔다. 그러나 하숙방에도 손승호가 남긴 글씨는 없었다.

"이 손승호, 망할 자식!"

김범우는 방바닥에 나동그러져 있는 베개를 걷어찼다.

그는 다시 박두병의 집으로 뛰었다.

"그런 말을 지헌테 허간디요."

박두병 아내의 느릿한 대답이었다.

김범우는 어둠 속을 허우적거리며 걸어 하숙집으로 돌아왔다. 그리고 방으로 들어서다가 문득, '박두병이 일부러 목적지를 안 밝힌 게 아닐까!'라는 생각이 들었다. 손승호는 그 의견에 동조하고…… 그랬을지 모른다는 생각이 짙어졌다. 그렇지 않고서야 손승호까지 아무 흔적을 남기지 않았을 리 없었다. 박두병은 그것이 우정이라고 생각했을지도 몰랐다. 그렇다면 박두병이도 망할 자식이다!

도당과 함께 행동하려던 각오는 다 허물어지고, 이제 어떻게 해야 할지 막막하기만 했다. 그는 오래도록 꼼짝 않고 앉아 있었다. 그러다가 문득 주머니에 든 것을 다 털어 냈다. 그리고 신분증과 통행증을 차례로 찢기 시작했다. 그는 집으로 돌아가기로 결정했다.

이학송은 만년필을 든 채 울타리를 따라 피어 있는 코스모스를 물끄러미 바라보고 있었다. 후퇴 행렬 속에서도《해방일보》는 매일 등사판으로 발간되고 있었다. 한 장짜리 등사판 신문을 후퇴하기 바쁜 사람들이 몇이나 눈여겨볼 것인가. 그러나 '일보'로서 하루도 쉬지 않고 발간한다는 의미와, 후퇴 상황과 중요한 사건들을 기록한다는 의미는 결코 작지 않았다. 그와 함께 이학송이 놀란 것은, 이런 정신없는 상황에서도 그 번거로운 일을 묵묵하게 해내고 있는 공산주의자들의 조직성과 진정성이었다.

신문사로 수류탄 열댓 개와 창이 운반되어 온 것은 24일이었다. 그때 이미 신문사는 가회동으로 옮겨 와 있었다. 서울이 위험하게 되자 중요 기관들이 경복궁 언저리로 이동한 것이었다. 수류탄과 창은 직장을 사수해야 하는 무기였다. 그 무기를 받게 되자 기자들의 심정은 더욱 암담하게 변하고 말았다.

시내의 요소요소에는 시가전 준비를 해 놓고 있었다. 바리케이드를 치는가 하면, 모래 가마니를 쌓아 전호를 구축해 놓기도 했다. 거리에 사람은 부쩍 줄었고, 포성은 시간이 갈수록 점점 가까워지고 있었다.

그런 상황 속에서 또 하루가 가고, 25일이 되었다. 신문사 일은 계속되었다. 그런데 어둠이 깔리면서 포탄이 시내로 날아들기 시작했다. 인천에서 그랬던 것처럼 폭탄은 아무 데서나 날아와 터졌다. 이제 서울이 불바다가 될 차례였다. 신문사를 성북동으로 옮기라는 지시가 내려왔다. 폭탄이 제멋대로 날아드는 가운데 신문사를 옮겼다. 밤늦게 이사를 끝낸 기자들의 손에는 인민군의 겨울 솜옷 한 벌씩이 쥐어졌다.

26일 시내는 완전히 전쟁터로 변했다. 기자들은 12시까지 신문사로 돌아오라는 시간제한 속에서 취재에 나섰다. 일반인은 완전히 통행금지였다. 이학송은 동대문 쪽으로 나갔다. 사람의 그림자라곤 찾을 수 없는 대낮의 적막 속에 동대문 시장이 불타고 있었고, 폭탄에 상한 시체들이 길거리에 널려 있었다.

이학송은 자꾸 신설동 쪽으로 고개를 돌리고는 했다. 며칠째

집에 들어가지 못했고, 아무래도 오늘이 서울에서의 마지막이될 것만 같았다. 잠깐만이라도 집에 들르고 싶었다. 아내에게 아이들을 데리고 어디로 피하라는 말을 해야 했다. 자신이 《해방일보》에서 일하는 것은 동네가 다 아는 사실이었다. 그러나 이미 시간이 없었다. 12시까지는 30여 분밖에 남지 않아 신문사로돌아가기도 촉박했다. 밤이 되어 신문사 일행 42명은 쌀을 한 말씩 받아 짐을 꾸리고 이동을 시작했다. 길은 의정부 쪽으로 잡혀있었다.

의정부를 지나 포천으로 가는 길은 제각기 무리를 지은 사람들로 가득 찼다. 비행기 폭격 때문에 낮에는 걸을 수 없었다. 낮에는 숨어 있다가 어둠이 내려서야 길을 잡았다.

그렇게 포천에 도착한 그들은 빈집에서 하루를 쉬기로 했다. 평소에 많이 걷지 않던 일행은 꽤나 지쳐 있었다.

"뭘 그리 넋 놓고 보세요?"

"아 김 기자, 앉으시오. 쓸 거리가 마땅찮아서요……."

이학송은 김미선에게 자리를 권했다.

"그래서 코스모스에 대해 쓰시려구요?"

김미선이 옆에 앉으며 배시시 웃었다.

"들켰군."

이학송도 씨익 웃었다. 이제 김미선의 눈에는 서울을 떠나오던

날 계속 그렁거리던 눈물은 없었다.

"제가 하나 알려 드릴까요?"

"좋습니다."

"공짜로는 안 되는데요?"

"좋습니다, 김 기자 짐을 져 드리죠."

"그래요. 어제 그 군관 얘길 쓰세요."

"아 그 박 뭐라던!"

얼굴이 밝아진 이학송은 고개를 끄덕였다.

"맘에 드세요?"

"예, 기삿거리가 될 만해요."

"그럼 짐을 반만 져 주세요."

"아닙니다, 약속은 지켜야죠."

"아니에요, 그래야 또 기삿거릴 하나 더 제공할 수 있죠."

"아, 그런가요?"

둘은 마주 보고 기분 좋게 웃었다.

전남여중을 나와 이화여전을 졸업한 김미선. 그녀는 두 아이의 어머니였고, 《해방일보》에 근무한 경력을 가진 당원이었다. 가냘픈 몸에 미모인 그녀는 진작 월북한 남로당 고급 간부의 부인이라는 말도 있었다. 그녀는 글솜씨보다는 말하는 재치가 언제나 신선했다.

어제 군관 한 사람이 두 전사와 함께 숙소로 찾아들었다. 그가 한 말 중에서 말썽이 된 것은, 대한청년단원 20명을 처단했다는 대목이었다.

"군관 동무는 그걸 전과라고 자랑하는 거요? 동무는 반동을 색출 처벌하는 데 있어서 최대의 신중을 기하고, 경솔한 가혹 행위를 금한다는 당의 지시도 모르고 있소!"

이원조의 노기 서린 호통이었다. 과묵한 그가 화를 내자 모든 기자들의 관심이 집중되었다.

"알고 있습니다."

군관이 얼떨떨한 표정이었다.

"알고 있으면서 그런 짓을 했단 말이오?"

"청년단원들은 모두 악질 반동이고 우리 적입니다."

"청년단원들이 나쁜 짓을 많이 했다는 건 나도 알고 있소. 묻겠는데, 그자들이 우리 전사들의 생명을 노리거나 대항했소?"

"그렇진 않았습니다."

"또 하나 묻겠는데, 우리의 후퇴가 일시적이라고 생각하오, 항구적이라고 생각하오?"

"그야 분명히 일시적이오."

"군관 동무는 두 가지 답변으로 스스로의 과오를 시인했소. 그자들은 전사를 가해하거나 대항할 의도가 없었으니 적이 아니오.

그런 사람들은 신중하게 조사해야 했소. 그런데 군관 동무는 당이 금지한 가혹 행위를 저질렀소. 우리의 후퇴가 일시적이라는 것을 알면서도 그랬다는 게 더 큰 문제요. 우리가 여길 다시 해방시켰을 때 그 사건의 여파가 얼마나 클지 상상해 봤소? 그 가족과 친척들은 반공주의자가 되어 있을 것이오. 한 사람을 잘못 처단해서 열 사람의 적을 만든 거란 말이오. 그리고 적들은 그 사건을 과장해서 반공 선전에 이용할 것이오. 당은 이런 점을 고려해서 지시한 것인데, 군관 동무의 행위는 도대체 뭐요!"

당 이론가요, 문학평론가요, 편집국장다운 분석이고 비판이라고 이학송은 생각했다.

"그 반동들을 그냥 풀어 주면 우리 등에 총질할 적으로 둔갑한다는 건 왜 생각 안 합니까?"

"과오를 시인하지 않고 그게 무슨 비겁한 변명이오. 반동성이 약한 자들에 대해선 용서를 전제로 한 세뇌 공작을 펴서 우리 편으로 만들어야 한다는 전술은 어디다 써먹을 작정이오?"

젊은 군관은 더 말을 못했다.

이학송은 당의 지시가 일선에서 제대로 지켜지지 않는 그 문제점을 기사화하기로 했다.

후퇴를 시작한 적은 상대가 되지 않았다. 선발대로 낙동강을 건넌 현오봉은, 이런 싱거운 전쟁도 다 있나, 생각할 만큼 적의 저항을 받지 않았다. 보병이면서 어떤 때는 트럭을 타고 100리 이상 전진하기도 했다. 그도 그럴 게 미군은 1차로 비행기를 동원해 인민군의 퇴로를 맹타했고, 2차로 탱크로 밀어붙였으며, 보병은 3차였다. 미군의 화력 앞에서 인민군은 저항은커녕 후퇴하기에도 다급한 형편이었다.

현오봉 중대는 전투를 한다기보다 저항이 미약한 적을 제쳐 두고 전진하는 데 주력했다. 그러다가 낙오병들을 발견하면 포위해서 잡는 작전을 폈다. 사기가 떨어진 낙오병들이지만, 총을 가지고 있어서 이쪽에 사상자가 생기기도 했다.

점심을 먹고 나서 바위에 기대 졸고 있던 현오봉은 와자한 소리에 놀라 눈을 떴다. 사병들이 나무 밑에서 떠들고 있었다. 가까이 가서 보니 무슨 헝겊 조각을 펄럭여 대며 와자지껄했던 것이다.

"왜들 이렇게 떠드나! 최전선에서 이따위로 무질서하게 구는 게 군기 위반인 줄 모르나!"

현오봉의 호통에 사병들이 질겁하며 양쪽으로 비켜섰다.

"김 하사, 그게 뭐냐?"

현오봉이 짜증스럽게 물었다.

"예……. 이걸 저쪽에서 주웠습니다."

하사가 뒤춤에 감추었다 내보인 건 그냥 형겊이 아니라 인공기였다.

"이까짓 걸 가지고 왜 떠들고 야단이야. 왜 그랬나!"

현오봉은 인공기만 보면 늘 기분이 상했다. 그런데 그걸 어디서 주워 들고 와 무슨 자랑거리라고 펄럭이는 놈은 뭐며, 또 그게 무슨 구경거리라고 떠들어 대는 놈들은 뭐냐 싶었다.

"소대장님, 다음 동네에 들어갈 때 이것을 꽂고 들어가면 사람들이 어떻게 나오나 보자는 말을 한 겁니다."

하사 옆에 서 있던 이등중사가 대신 말했다.

"그래?" 현오봉은 고개를 갸웃하다가 "사상 조사를 하기에 그거 괜찮은 방법인데. 그렇게 하도록 해 봐!"라고 진지한 얼굴로 말했다. 사병들은 장난이었는데 그의 생각은 '사상 조사'로 비약해 있었다.

현오봉의 소대는 행군을 시작했고, 멀찍이 마을이 나타났다.

"소대 정지!"

현오봉의 신호에 소대가 행군을 멈췄다.

"선임하사, 깃대에 인공기를 다시오."

두 사병이 때 묻은 인공기를 작대기에 묶었다.

"됐다, 출발!"

소대는 멀리 보이는 마을을 향해 나아갔다.

두 개의 야산 사이에 초가집 여섯 채가 모여 있었다. 여섯 채의 집에 비해 당산나무가 무척 커 보였다. 마을 사람 서넛이 움직이는 모습이 보였다. 개가 컹컹 짖어 댔고, 사람들이 이쪽으로 보았다. 그들은 잠깐 멈칫하는가 싶더니 이내 자취를 감추었다.

"혹시 괴뢰군 잠복이 있는 건 아닐까요?"

선임하사의 긴장된 목소리였다.

그때 마을 사람들이 허겁지겁 당산나무 쪽으로 몰려나왔다.

"인공 만세에—."

"인민군 만세에—."

20명 남짓한 마을 사람들이 당산나무 아래 한 줄로 늘어서서 외치는 소리였다.

"저, 저, 종자들 노는 꼴 봐라."

선임하사가 혀를 찼고, 사병들 사이에서 키득키득 웃는 소리가 들렸다. 그런데 선임하사는 소대장에게 눈을 돌리다가 주춤했다. 그의 얼굴은 사납게 구겨져 있었고, 부릅뜬 눈에는 살기가 차 있었다.

"혁명적 인공 만세에—."

"영용한 인민군대 만세에—."

사람들은 두 팔을 올렸다 내렸다 하는 활갯짓을 하며 더욱 목청을 돋우고 있었다.

"시끄럿! 중지, 중지!"

선임하사가 소리쳤다.

"내버려 두시오, 맘껏 하게."

현오봉의 말이었다.

"예?"

"마지막이니까 멋대로 떠들게 내버려 두란 말이오. 저것들은 모두 총살감이오!"

선임하사가 놀란 눈으로 소대장을 보았다.

"소대 제자리에 섯!"

어느 때 없이 큰 현오봉의 구령이었다.

당산나무 앞에서 소대가 뚝 멈추었다.

"그 깃발 가져와!"

현오봉이 명령했다.

인공기를 든 사병이 뛰어왔다. 현오봉은 대검을 뽑아 들었다. 그리고 인공기를 잡아 칼을 꽂더니 아래로 그었다. 헝겊 찢어지는 소리가 짧게 들렸다.

"구 국방군이다!"

눈이 휘둥그레진 마을 사람들 속에서 비명처럼 터진 소리였다.

"아이고…… 크, 큰일 났네."

마을 사람들은 가슴을 치기도 하고, 발을 구르기도 하고, 주저 앉기도 했다.

현오봉은 그런 사람들은 거들떠보지도 않고 인공기를 계속 북북 찢었다.

"국방군 만세에ㅡ."

마을 사람들 사이에서 누군가 소리쳤다.

"국방군 만세에ㅡ."

마을 사람들의 팔이 일제히 올라가며 일어난 소리였다.

"대한민국 만세에ㅡ."

누군가가 선창했다.

"대한민국 만세에ㅡ."

마을 사람 모두의 외침이었다.

"저 박쥐 같은 연놈들."

현오봉이 그들을 노려보며 침을 내뱉었다.

"소대 7보 뒤로, 일렬횡대로 헤쳐 모여!"

현오봉이 구령했다.

소대원들이 기민하게 뒤로 물러서며 일렬횡대로 늘어섰다.

"아이고 대장님, 우리 속맘은 그렇지 않은디 잘못 보고 그런 것이니 한 번만 살려 줍시유."

그때서야 사태를 알아챈 한 남자가 현오봉에게 매달렸다.

"요런 빨갱이 새끼, 저리 비켜!"

현오봉의 발이 남자의 옆구리를 걷어찼다.

"어쿠쿠……."

남자의 몸이 달팽이가 되며 나뒹굴었다.

"일이 분대, 거총!"

한 줄로 늘어선 18명의 군인이 일제히 총을 겨누었다.

사람들은 당산나무 아래 뒤엉킨 채 신음 소리를 내고 있었다.

"발사!"

총소리와 비명 소리가 한꺼번에 뒤엉켰다. 놀란 개가 도망치며 짖어 대는 소리만 다급하게 이어지고 있었다.

염상진이 도당의 후퇴 지령을 접수한 것은 추석 전날이었다. 첫째, 당을 지하당으로 개편할 것. 둘째, 입산 투쟁에 대비할 것. 셋째, 해방구 확보 계획을 세울 것. 넷째, 북으로 후퇴 계획을 세울 것. 그것은 며칠 전부터 각오하고 있던 일이었다.

지하당으로의 개편은 불가능한 일이었다. 후퇴를 예상하지 않고 두 달 동안 전개한 활동으로 조직은 완전히 드러나 버렸다. 둘째와 셋째 항목은 두말할 필요 없었고, 넷째 항목이 문제였다. 그리고 도당이 지령하지 않은 또 하나의 문제가 있었다. 여맹과 민청에서 활동한 그 많은 조직원들을 어떻게 하느냐 하는 문제였다. 물론 그들을 입산시킬 수도 있었다. 하지만 그 많은 수를 입산시켰을 때 식량 조달이 문제였고, 투쟁 효과도 문제였다. 그렇다고 선별 입산을 시켰을 경우 남은 사람들에게 당장 닥칠 생명의 위협이 문제였다. 그 고심이 해결되지 않은 채 군당 간부 회의가 열렸다.

역시 넷째 조항이 토론의 대상으로 떠올랐다.

"북으로 후퇴하는 것이야 북조선 동무들헌테나 해당되는 말 아니겠는가요? 싸움에서 밀리면 힘 모아서 밀어붙일 작정을 혀야제 북쪽으로 가면 여기는 어쩔 것이요."

오판돌의 거침없는 발언이었다.

"우리가 다 알면서도 좋은 것이 좋은 것이다 생각허고 덮어 온 일로, 북조선 동무들이 그동안 얼마나 우리를 깔아 보았소. 자기 땅에서도 그런 꼴 당혔는디 북쪽으로 가면 우리 꼬라지가 뭐가 되겄소. 내 발언이 분파주의 조장이라고 비판을 받을지도 모르겄는디, 나는 있는 그대로 말허는 것잉께 비판을 허려면 북조선 동무들부터 비판혀야 헐 것이요. 우리가 목숨 내걸고 공산주의 허는 것은, 차등 없이 공평헌 세상을 맹글자는 것이었는디 정작 공산주의 허는 사람끼리 그 모양이 되니께 무슨 살맛이 나겄소. 북조선 동무들이 남조선 해방시키느라고 고생혔지만, 우리도 목숨 내놓고 투쟁혔다 그것이요. 우리가 그런 하대를 받을라고 그리 쎄 빠지게 고생혔습디여? 다른 사람은 몰라도 나는 북쪽으로 안 가겄구만요."

하대치의 막힘없는 발언이었다.

"하 동무가 지적한 사실은 당 전체가 유념해야 할 중대한 문제라고 생각합니다. 그러나 그 문제가 북으로 후퇴하지 않는 이유로 연결되는 것은 하 동무의 지나친 감정 표현이 아닌가 합니다. 문제점은 시정되어야겠지만, 북으로의 후퇴는 별개의 문제로서 당명이 내리면 이의 없이 따라야 할 것입니다. 이에 대해 하 동무의 보충 발언을 듣고자 합니다."

안창민이 지긋한 눈길로 하대치를 보았다. 하대치는 안창민의 발언이 자신을 바람막이하고 있다는 것을 직감했다. 안창민의 말을 듣고 보니 자신의 발언이 많은 읍·면당 위원장들에게 나쁘게 작용할 염려가 있었다.

"안 동무의 발언을 접수허고, 제 발언이 잘못된 것을 시인합니다. 당이 후퇴를 결정허면 그대로 따르겄지만, 이 토의에서는 반대구만요. 여기 인민을 지켜야 헌께요."

하대치의 눈치 빠른 정정 발언이었다.

"아직 당이 후퇴를 완전히 결정하지 않은 것은 북으로의 후퇴가 쉽지 않기 때문일 것입니다. 도당의 지시가 있을 때까지 상황을 보아 가며 대처하는 것이 어떨까 합니다."

안창민의 신중론이었다.

조직원들의 입산 문제에 대해서는 '원하는 사람은 다 데려가야 한다.'는 쪽으로 의견이 모아졌다.

사흘 뒤인 28일 아침 도당이 광주시당과 함께 북으로 후퇴를 한다는 연락이 왔다. 아울러 군당의 핵심 조직도 이에 따르라는 지시가 내려왔다. 염상진은 즉시 각 읍·면당에 후퇴 준비를 지시했다.

읍내의 마을마다 동요가 일어났다. 각 조직을 통해 후퇴 소식과 함께 원하는 사람은 당을 따라 입산하라는 지시가 전해졌던 것이다.

장면 ㄱ. 주막

김복동: 자네 어쩔랑가?

마삼수: 안 데리고 간다고 혀도 따라나설 판인디 데리고 간다
        는 데야 얼씨구나 아니겄소? 성님은 안 가게라?

김복동: 난 목숨이 둘이간디?

마삼수: 앉어 죽으나 입산혀서 한바탕 허고 죽으나 죽기는 매일
        반잉께요. 사내새끼 죽는 꼴이 어느 편이 낫겄소?

김복동: 두말허면 잔소리제. 뜨도록 허세!

장면 ㄴ. 강동기네 집

강동기: 아, 친정으로 가 있으랑께! (버럭 소리 지른다.)

남양댁: 성님도 간다는디 나도 데리고 가씨요.

강동기: 뭐? 형수씨가 어쩨 따라나서?

남양댁: 산사람 돼 갖고 남편 웬수 갚는답디다.

강동기: 허! 사람 미치겄네. 새끼들은 어쩌고?

남양댁: 친정에 맡긴다드만이라.

강동기: 그려서 자네도 아새끼 친정에 맡기고 따라나설 참이
　　　　여? 찍소리 말고 싸게 친정으로 떠, 싸게!

장면 ㄷ. 여맹 사무실

이지숙: 같이 가십시다. 고생은 되겠지만 남아서 당하는 고초
　　　　보다야 낫겠지요. (이지숙이 소화의 손을 잡는다.)

소 화: 고초라면 당허기도 허겠제만…….

이지숙: 맞아요. 이제 그놈들은 다 죽일 거예요.

소 화: 그분 만나기 전에는 죽을 수 없구만요. 지도 입산혀서 그
　　　　분을 기다릴랑마요.

이지숙: 네, 빨리 준비하세요. 치마 말고 몸빼를 입고, 솜옷 서너
　　　　벌하고, 쌀을 챙기세요.

소 화: 알겄구만이라.

장면 ㄹ. 당산나무 아래

김종연: 성님, 여기 있다가는 그냥 카악이요, 카악! (손바닥으로 목 치는 시늉을 한다.)

유동수: 금메 말이여, 새끼들이 우루루헌디 괜히 민청서 설레 발쳤능갑다.

서인출: 아따, 인제 와서 그런 소리 뭐허러 허요. 그럼 성님 혼자 남으씨요. (등을 돌리고 선다.)

유동수: 아니시, 나도 갈라네.

장면 ㅁ. 하대치네 집

들몰댁: 남들같이 친정이 멀어 친정으로나 피허겄는게라?

하대치: 금메, 엎어지면 코 닿을 데라논께.

들몰댁: 잠시 물러서는 것잉께 급헌 김에 아그들 친정에 맡기고 지도 따라나서는 것이 어쩔랑가요.

하대치: 그러다 길어지면 어쩔라고?

들몰댁: 그리기야 헐랍디여. 팔다리 묶이고 허는 쌈도 아닌디.

하대치: 허기는 그려. 우선 뜨고, 판 돌아가는 것 봐 가면서 어찌 허드라도.

어둠이 감기면서 전에 읍사무소였던 인민위원회 앞으로 사람들이 몰려들었다. 모두들 큼지막한 짐을 이고 지고 있었다. 짐에 매달린 바가지도 보였고, 지게 뒤에 묶은 솥도 보였다. 아이들을 데리고 온 집도 서넛이나 되었다. 줄잡아 300명이 넘었고, 여자가 4분의 1쯤 되었다.

하대치가 다가서며 말했다.

"다 온 것 같구만이라."

"알겠소."

염상진은 고개를 끄덕이고는 사람들 앞에 섰다.

"여러분, 우린 지금 단순히 피난을 가는 것이 아닙니다. 앞으로 산에서 싸우게 될 수도 있습니다. 그러니까 산은 피난처가 아니라 전쟁터가 되는 겁니다. 그런데 애들을 데려오면 어쩝니까. 앞으로 세 시간 여유를 드릴 테니, 애들을 어디다 맡기든지, 어떻게든 해결해야 합니다."

"맡길 데가 없는디라."

한 여자의 다급한 외침이었다. 염상진은 더 말이 없었다.

아이들을 데리고 온 사람들을 빼고 조 편성이 시작되었다. 한 조를 30명으로 한 다음 앞뒤에 인솔자를 배치했다. 조 편성이 끝나자 행렬이 움직이기 시작했다. 행렬은 들몰 쪽으로 방향을 잡았다.

300명이 넘는 행렬은 횡계다리를 건너 낙안 쪽으로 멀어지

고 있었다. 추석이 지난 가을밤의 대기가 싸늘하게 그 꼬리를
사렸다.

21

구빨치 그리고 신빨치

　산은 억센 자태로 어디에나 있었다. 눈길 가까이도 산이고, 멀리도 산이었다. 손승호는 산이 '거기 있는' 막연한 존재가 아니라 자신의 삶을 맡겨야 하는 '여기 있는' 확실한 존재임을 발견했다.

　"산이 얼마나 고마운지는 시나브로 알게 될 것이구만. 빨치산헌테 산은 아그헌테 엄니 품이나 같은 겨. 일단 산에 들어가면 지킬 것이 있구만. 고것이 뭔고 허니, 산을 무서워허고 겁먹을 일도 아니고, 그렇다고 시퍼보고 마구 덤빌 일도 아니여. 산이 첩첩이라고 무서워허면 산심에 눌려서 끝까지 갱신을 못허게 되고, 반대로 산을 시퍼보고 덤비면 종당에는 산헌테 당허고 말제.

긍께 겁먹지도 말고 시건방지게 나대지도 말고, 그저 내 한 목숨 지켜 주십소사 허는 맘으로 산허고 친해져야 허는 것이여. 그럼 산 타기도 몸에 익고, 산이 엄니 품이 돼야 목숨도 보존허게 되는 것이제."

전쟁 전부터 야산 투쟁을 해 온 솥뚜껑의 말이었다. 손승호는 그의 말을 새겨들었다. 나이는 스물대여섯밖에 안 되었지만 경험을 바탕으로 한 그의 말은 논리적이면서도 심리적인 의미가 깊었다.

손승호는 그에게 호감을 갖고 가까이하게 되었다. 그런 그는 자신이 머슴 출신이라는 것은 거침없이 밝히면서도 이름은 말하지 않았다. 빨치산이면 됐지 무슨 이름이 더 필요하냐며, 그냥 솥뚜껑으로 부르라고 했다. 별명에 걸맞게 그의 두 손은 두껍고도 넓었다. 꼴머슴살이부터 했고, 그 손으로 꼰 새끼가 수천 리는 될 거라고 했다. 그런데 놀랍게도 그는 짐 속에 『조선공산당사』와 『천자문』을 가지고 있었다. 그는 좌익을 한 뒤로 한글을 완전히 깨쳤고, 이제 한문을 공부하는 중이라고 했다. 손승호는 자신의 손과 그의 손을 비교하며 죄의식을 느꼈고, 자신이 공부했던 환경과 그가 공부하고 있는 환경을 비교하며 부끄러움을 느꼈다. 읽고 싶은 책을 제대로 살 수 없었던 자신의 환경은 김범우에게 비하면 갈 데 없는 천민의 그것이었다. 그러나 솥뚜껑과 비교해 보면 자신의 환경은 너무나 사치스럽고 귀족적이었다. 목숨을 내건 빨치산 생활을 하면서 한글을 깨치고, 다시 빨치산 생활이 시작되는데 한문 공부를 하고 있는 그 열정에 그저 머리가 숙여질 따름이었다. 산에 대한 그의 예사롭지 않은 말도 경험만으로 나온 것이 아님을 알 수 있었다.

"귀찮겠지만 내 선생님이 좀 되어 줄 수 있으시겠소?"

솥뚜껑이 어렵게 해 온 말이었다.

"그러지요, 함께 공부하십시다."

손승호는 망설임 없이 대답했다.

솥뚜껑은 자신이 '구빨치'라는 사실을 자랑스러워했다. '구빨치'는 전쟁 전부터 야산 투쟁을 해 온 사람들을 가리켰다. 구빨치는 '구빨치산'을 줄인 말인데, '구'라는 글자는 구닥다리나 쓸모없음이란 의미는 없고 오히려 '혁혁한 투쟁 경력'이나 '산 경험의 혁명 전사'라는 뜻으로 빛이 났다. 그러니까 이번 후퇴와 함께 새로 입산한 사람들은 자연히 '신빨치'가 되었다. 손승호는 신빨치로서 솥뚜껑에게 산 생활을 익힐 작정이었다. 솥뚜껑이 자신을 선생으로 삼고자 했는데 자신이야말로 솥뚜껑을 선생으로 받들어야 했다.

그 수가 얼마 되지는 않았지만 구빨치들이 그들 모두에게 미치는 영향력은 대단했다. 신빨치들은 갑자기 산에 묻히게 되면서 당황하고 긴장했다. 북조선 출신 당원들도 그동안 가졌던 자신감과 거만함을 싹 잃고 초조한 빛을 감추지 못했다. 승리를 확신했던 그들이 먼 타향에서 고립 상태에 빠졌으니 그럴 만도 했다. 그와 달리 구빨치들은 물 만난 고기처럼 생기가 나고 힘이 솟는 것처럼 보였다. 그들은 마치 시범이라도 보이듯 야간 작전을 나가 전리품을 짊어지고 돌아왔다. 무기며 총알은 물론이고 시레이션 상자도 많았다. 굳이 그들의 설명을 듣지 않아도 미군을 무찔렀음을 알 수 있었다. 그들은 화투짝만 한 흰 쇠판이 매달린 쇠줄을 하나씩 가지고 있었다. 미군들 목에서 벗겨 낸 군번 표지였다. 그건 상대방을 죽이지 않고는 빼앗을 수 없는 물건이었다.

"우리가 전에 야산 투쟁을 헐 적에 군경은 우리를 죽이고 귀때기를 떼어 갔소. 고것으로 실적 보고를 혔는디, 귀때기가 어디 하나간디? 한 사람 것 두 개를 떼어 가면 실적이 두 배가 된다는 것을 멍청헌 윗놈들이 한참 만에 알고는 귀때기 말고 코를 떼어 오라고 안 혔소. 우리야 고런 악독헌 짓거리 시킬 사람도 없고, 그냥 요것이나 벗겨 왔소. 요 쇠줄이 어디 쓸 데가 있을지도 모를 일 아니겠소?"

솥뚜껑이 시레이션의 통조림 쇠고기를 우물거리며 심드렁하게 한 말이었다.

"손 동무도 갖고 싶으면 다음에 구해다 줄 팅께, 으쩌요?"

솥뚜껑이 덧붙인 말이었다.

"아이고, 난 싫소. 거 징그럽고 재수 없어서……."

"죽은 놈 물건 지니면 부적도 돼요."

솥뚜껑이 정색을 했다.

"공산주의자가 부적은 또 뭐요. 안 어울리게."

손승호는 웃으며 눈총을 쏘았다.

"말허자면 그렇다 그것이요. 근디 손 동무가 징허고 재수 없다고 헌 것은 공산주의자허고 어울리는 것이요?"

손승호는 아이쿠 싶었다. 솥뚜껑은 그만큼 논리 무장이 되어 있었다.

"피장파장이요."

손승호는 고개를 젖히며 웃었다.

솥뚜껑은 하루에 한두 자의 한자는 반드시 익혔고, 손승호는 그가 익힌 한자들을 연결해서 단어를 만들어 가며 뜻풀이를 해 주었다. 그러다 보면 역사·문학·사회·정치에 이야기가 걸치게 되었다. 손승호는 그에게 사격술을 배웠다.

"시방 이 전쟁터에는 일본 놈들 구구식 장총, 미국 놈들 에무완에 카르빙, 소련제 따발총, 구구각색이요. 근디 꼭 에무완을 지니씨요. 요것이 총 중에 성능이 제일 좋소."

"그런데 총알이 문제 아니오?"

"미국 놈들은 원체 물자가 흔헌께 도망치면서 제일 먼저 내버리는 것이 총알이요. 무거운께라."

그말에 따라 손승호는 좀 무겁기는 했지만 M1을 갖게 되었다. 입산 나흘 만이었다.

총을 갖게 된 손승호는 마음이 복잡했다. 마침내 자신도 빨치산이 된 것이었다.

"손 동무도 엠원이요? 재수가 좋았습니다그려, 신빨치로서." 멀리서 다가온 박두병이 장난스럽게 웃고는 "김범우가 이 총을 제법 잘 쏘았지요. 나도 좀 쏜다고 쏬는데 김 형이 늘 나보다 나았어요."라고 말하고는 잠시 눈길을 돌렸다가 "손 형, 우리 함께 고생 좀 합시다."라며 손승호의 손을 잡았다.

"알겠습니다. 최선을 다하겠습니다."

손승호는 그가 '손 동무'가 아니라 '손 형'이라고 부르는 것에 가슴이 찡 울렸다. "난 김 형 생각에 찬동하진 않지만 이해는 하오. 김 형한테 선택의 기회를 주는 게 옳은 일일 것 같소." 후퇴하기 직전에 박두병이 했던 말이 문득 떠올랐다.

북한군 총사령관에게

그대의 군대는 곧 전면적으로 패배되고 완전히 파괴될 것이다. 유엔이 최소한의 인명 손실과 재산 파괴를 요구하고 있으므로 본관은 유엔군 총사령관으로서 그대와 그대의 지휘 아래 있는 군대가 무장을 버리고 적대 행위를 중지할 것을 요청하며, 또한 그대의 지배하에 있는 유엔군 포로와 억류자를 즉시 석방할 것을 요구한다. 유엔군 사령부의 수중에 있는 포로를 포함한 북한군은 문명적인 습관에 의한 보호를 계속 받을 것이며 가능한 한 조속히 그들의 집으로 귀환하도록 허가할 것이다. 본관은 그대가 불필요한 피 흘림과 재산 파괴를 방지할 결심을 조속히 행할 것을 기대한다.

유엔군 총사령관 맥아더가 북한군 총사령관에게 보낸 항복 권고문이었다. 손승호는 그 삐라를 찬찬히 다 읽었다. 그 내용에 나타나 있는 맥아더의 안하무인과 오만 방자함을 손승호는 경멸하고 비웃었다.

그날 밤 손승호에게 첫 번째 야간 작전 출동 명령이 내려졌다. 그는 M1 총대를 잡은 손에 불끈 힘을 주었다. 그리고 대열을 따라 어둠 속을 걷기 시작했다.

22

너희들을 위한 전쟁

민기홍은 10월 2일에야 숨어 있던 정릉에서 이화동 집으로 돌아왔다. 친정에 가 있던 아내가 두 아이를 데리고 집으로 들어간 다음 날이었다.

"당신, 기자증 가지고 계시죠?"

미처 앉기도 전에 아내가 물은 말이었다. 민기홍은 짜증이 솟았지만, 마침 반갑게 매달리는 딸아이를 안으며 짜증을 눌렀다.

"버리지 않았으니 어디 있지 않겠소? 왜 그러오?"

"참 당신도, 지금 부역자 색출하느라 야단인 것 모르세요?"

아내가 어이없다는 얼굴로 눈을 흘겼다.

"엄마! 왜 아빠 보구 싶어하구선 금방 싸워."

딸아이가 제 엄마를 올려다보며 야무지게 내쏘았다. 그는 딸아이를 꼭 껴안으며 "싸우는 게 아냐."라고 말했다. 아내의 목소리는 딸아이의 오해를 살 만큼 다분히 시비조였다. 그만큼 부역자 색출은 현실로 닥쳐와 있었다.

"쪼그만 게 뭘 안다고, 그냥……."

아내는 딸아이를 쥐어박는 시늉을 했다.

"부역을 안 했으면 그만이지 그게 꼭 필요하겠소? 기자증이 부역을 안 했다는 증명서도 아닌데."

민기홍이 심드렁하게 대꾸했다.

"날마다 사람들이 수없이 잡혀 들어가는 판국에 기자증을 가지고 있으면 훨씬 안전할 거 아녜요?"

"진짜는 다 떠나 버렸는데 잡아들이면 뭘 해. 피하지 않은 부역자들이야 잡아들일 필요도 없는 사람들이지."

민기홍은 투덜거리듯 혼잣말을 했다.

"당신, 그런 말 하지 말아요. 제 귀에도 꼭 그 사람들 편드는 것처럼 들리는데, 경찰이나 군인한테는 어떻겠어요? 얼마나 무서운 세상이라구요."

아내는 겁에 질려 있었다.

"알았소, 그런 말 그만합시다."

잠시 후, 민기홍은 밖으로 나섰다. 발길은 자연히 종로5가 쪽으로 옮겨졌다. 정릉에서 돈암동을 거쳐 집에 다다를 때까지는 겉보기에 전과 다를 게 없었다. 워낙 변두리라 전상을 입지 않은 것 같았다. 그런데 종로5가 네거리에 이르자 대뜸 불타 버린 동대문 운동장이 눈에 띄었다. 언제나 번잡과 소란이 끓어 넘치는 시장이야말로 활기차게 살아가는 서민들의 삶의 현장이었다. 그런 시장이 박살 나 있었다. 잿더미를 건너다보는 민기홍의 입가에 쓴웃음이 어렸다.

 광화문 네거리에 이르기까지 타다 만 건물, 반쯤 부서진 건물, 움푹움푹 패인 길바닥, 휘어지거나 동강 난 전찻길, 전쟁이 휩쓸고 간 참담한 모습들이 눈에 들어왔다. 도시가 저 지경이 되었으니 사람들은 얼마나 많이 죽고 상했을 것인가. 저까짓 건물이나 길바닥은 고치고 땜질하면 그만이지만……. 그는 심한 목마름을 느끼며 길가에 망연히 서 있었다. 그런데 민기홍이 질겁을 하며 뒤로 물러섰다. 지프차 한 대가 코앞으로 질주를 해 갔던 것이다. 지프차에 탄 네 명의 군인이 웃어 젖히고 있었다. 백인 둘에 흑인 둘이었다.

 "저런 망할 자식들!"

 민기홍은 그들을 향해 욕을 내뱉었다. 왈칵 끼쳐 온 모욕감을 털어 내기라도 하듯이.

 그는 멀어지는 지프차를 바라보며 그들이 인천 상륙 작전을 편

미군이라는 생각을 되씹었다. 차를 인도에 바짝 붙여 질주하며 사람을 놀라게 하고는 재미있다고 웃는 그들의 행위에서 이번 전쟁의 양상을 실감할 수 있었다. 그들이 얼마나 멋대로 나댈 것인지 두려웠다.

"그게 무슨 소리야. 저렇게 폭격을 해 대지 않으면 빨갱이 놈들이 물러갔을 것 같애?"

"하긴 그렇지. 미군이 아니었으면 우리가 이렇게 햇빛을 볼 수 있었겠어?"

"두말하면 잔소리지. 자네 동네 부역자 놈들 색출은 잘되고 있나?"

"응, 지금 한창 열이 올랐네."

두 남자가 지나가며 하는 말이었다. 팔을 휘저으며 걸어가는 두 남자의 뒷모습을 물끄러미 바라보며 민기홍은 우익 아저씨들, 살판 났구만, 하고 코웃음을 흘렸다.

그는 무거운 발걸음을 신문사로 옮겼다. 신문사 문은 굳게 닫혀 있었다.

재작년 여순 사건에 이어 두 번이나 똑같은 꼴을 당한 염상구는 이만저만 독이 오른 게 아니었다. 그때는 엉겁결에 당한 일이라 경찰과 미처 연락이 안 되어 그랬으리라고 이해할 만한 구석이 있었다. 그런데 이번에 경찰이 하는 짓을 보니, 그때도 청년단을 일부러 따돌렸던 게 틀림없었다. 필요할 때는 부려 먹고 다급할 때는 내버리는 경찰의 행투를 알게 된 염상구는 3개월 동안 부하 서넛을 데리고 산을 옮겨 다니며 이빨을 갈아붙였다.

"죽일 놈들, 우리가 똥 친 작대기라 그것이제. 어디 두고 보자."

그는 하루에 몇 번씩 이 말을 질겅질겅 씹어뱉으며 마음에 독샘을 팠다. 후퇴를 앞두고 경찰서에서 당한 꼴을 생각하면 온몸이 부들부들 떨리고는 했다.

"정신없는 소리 하지 마시오. 경찰들도 버리고 가야 할 형편이오."

경찰서장의 냉담한 말이었다.

"죽어라 부려 먹을 때는 언제고, 인제 느그는 빨갱이 손에 잡혀 뒈져라 고것이요 시방?"

"상부 지시가 없으니 내 알 바 아니오."

서장은 냉혹하게 얼굴을 돌려 버렸다.

소화다리를 건너가는 그들의 등에 총을 갈겨 버리고 싶은 충동을 억누르고 서 있을 때의 참담했던 심정을 염상구는 잊을 수 없었다. 20명이 넘는 부하들을 다 데리고 갈 수가 없어 네 명만 골라내고, 나머지는 각자 요령껏 피했다가 다시 만나자는 말을 하면서 그는 눈물을 머금었다.

그는 벌교에서 멀지 않은 산을 타고 다녔다. 한곳에 오래 머물지 않았고, 식량도 준비한 돈으로 샀고, 신분도 다른 지방의 민청원으로 위장했다. 그런 방법으로 산 가까운 마을에 접근할 수 있었다.

그러다가 외서의 끝 마을에서 최서학을 마주쳤다.

"청년단장이시죠?"

최서학이 먼저 그를 알아보았다. 느닷없는 일이라 그는 옷 속의 권총을 잡고 자신을 알아본 청년을 노려보았다. 하지만 아는 얼굴이 아니었다. 주먹 대장 염상구를 최서학은 잘 알아도 염상구가 최서학을 알 리 없었다. 더구나 최서학은 고통에 시달리느라 얼굴에 뼈만 남아 있었다.

"나를 알아보는 니는 누구여!"

염상구의 입에서 낮고 빠르게 튀어 나간 소리였다.

"그전 세무서장 최익현 아시제라? 그 양반 큰아들 최서학이구만요."

염상구에게 도움을 받을 수 있을 거라고 판단한 최서학은 아버지를 내세웠다.

"잉, 자네가 죽은 최익현 서장 큰아들? 근디 요것이 어쩐 일이여?"

염상구가 최서학의 몰골을 훑었다.

최서학은 의용군에 끌려가게 된 것부터 거기까지 오게 된 경위를 이야기했다.

"허! 자네가 용감헌 반공 투사시."

염상구가 진지한 얼굴로 한 말이었다.

"은혜는 안 잊을 것잉께 저를 좀 도와주시씨요. 혼자서는 꼼짝을 헐 수가 없구만요."

최서학은 말라 터진 입술에 침을 발라 가며 간곡하게 말했다.

"우리 편이 생고생을 허는디 어찌 모른 척허겄어. 근디 요 지독스런 냄새가 다리에서 나는 것 아니라고?"

염상구가 얼굴을 찡그렸다.

"그렇구만요."

최서학의 힘없는 대꾸였다.

"총 맞은 자리를 제대로 치료 못 혔응께 살이 푹푹 썩는 것이제. 병원은 빨갱이들 속에 있고, 요것 참 복장 터져 죽을 일이시웨."

염상구가 부하들을 둘러보며 안타깝게 한 말이었다.

최서학은 염상구한테 며칠을 업혀 다니다가 읍내에 가장 먼저 들어온 사람이 되었다.

"이거 조금만 늦었더라면 다리를 절단해야 할 뻔했군요."

썩어 가고 있는 고름투성이의 다리를 내려다보며 전 원장이 혀를 찼다.

염상구는 경찰 없는 경찰서를 차지하고 앉아서 부하들을 찾는 한편, 차부며 장터거리에서 하늘에다 대고 괜한 권총질을 해 댔다. 사람들 눈에 그건 미친 짓이었지만 염상구로서는 몸을 숨기고 있을지 모를 좌익들에게 위협을 가하고 자신의 건재를 과시하려는 의미 깊은 일이었다. 경찰이 들어오기까지 이틀간 그는 읍장이고 경찰서장이었다.

"빌어먹을 놈들, 쨀 때는 제일 먼저 째고, 들어올 때는 제일 늦게 오고, 요것이 무슨 국립경찰이여!"

염상구가 경찰서로 밀려드는 경찰들에게 퍼부어 댄 욕이었다. 그 기세에 눌려 경찰들은 엉거주춤했고, 그 행동의 의미가 무엇인지 아는 권 서장은 그에게서 고개를 돌렸다.

그렇게 경찰서를 떠난 염상구는 청년단에 진을 치고 앉아 경찰서에 얼굴 한번 비치지 않았다. 권 서장은 하는 수 없이 이틀 만에 전화를 걸었다.

"잘난 경찰 혼자서 밥을 먹든 죽을 먹든 잘들 혀 보씨요. 청년단이야 구경이나 허고 앉았을랑께라."

염상구는 이렇게 지껄이고는 전화를 끊어 버렸다. 권 서장은 심한 모독을 느꼈지만 참기로 했다. 그들을 떼쳐 놓고 후퇴한 것이 공적으로야 어쩔 수 없는 일이었지만 사적으로는 면목 없는 일이 분명했고, 지금은 청년단의 뒷바라지가 시급한 형편이었다.

미군에게 붙들려 다시 전주로 돌아온 김범우는 미군 부대로 넘겨져 반 감금 상태에 있다가 나흘 만에 풀려났다. 아니, 오히려 그 풀려남은 꼼짝없는 올가미였다.

전주를 떠나 남쪽으로 가던 그는 순창에 못 미쳐서 미군 장갑차와 마주쳤다. 장갑차는 거침없이 북쪽으로 가고 있었다. 그 장갑차를 멍하니 바라보며 그는, 결국 전쟁은 이렇게 끝나는구나! 하고 생각했다. 자신의 예상이 현실로 나타나자 그는 허탈함에 빠졌다.

이제 나는 무엇인가, 조직에서 떨어져 버리고, 입당하지 않았으니 공산주의자도 아니고, 그러나 엄연히 당사업에 협력했으니…… 부역자! 김범우는 어둠 속을 걸으며 쓰게 웃었다. 앞으로 얼마나 많은 부역 죄인들이 생길 것인가…… 돌덩이를 매단 것처럼 마음이 무거웠다. 인공 3개월을 통해 공산주의 의식은 급속하게 퍼졌고, 그것을 없애기 위해서라도 부역자 처벌은 가차 없을 것이었다. 삶의 악순환이고 역사의 악순환이었다.

순창도 전주만큼 뒤죽박죽이었다. 남자들이 몇 명씩 떼 지어 뛰었고, 짐을 머리에 인 여자들이 우왕좌왕했고, 어디선가 총소리가 띄엄띄엄 울렸다. 어떤 전쟁에서나 후퇴는 무질서하고 정신이 없었다.

김범우는 밥집을 찾아 국밥을 먹고는 허름한 여관 다다미방에 누웠다. 잠이 오지 않았다. 어디선가 총소리가 드문드문 들렸다.

자는 둥 마는 둥 잠을 설친 김범우는 아침 일찍 길을 잡았다.

묽은 가을 안개가 들녘 가득 잠겨 있었다. 그 풍경은 꿈결인 양 환상적이고, 전쟁과는 거리가 먼 아늑함이었다. 그런데…… 김범우는 새로운 생각에 부딪쳤다. 아, 세금 한번 거둬 보지 못하고 인심만 잃고 말았구나! 뒤늦게 낟알 세기 조사 방법이 떠올랐던 것이다. 약간 상쾌해졌던 기분이 다시 칙칙해졌다.

두어 시간을 걸어 어느 마을 어귀에 들어섰을 때였다. 총을 든 서너 명의 미군이 눈에 들어왔다. 반사적으로 버마 전선이 그의 뇌리를 스쳤다. 정글의 낯섦과 습기가 뒤섞여 끼쳐 오던 그 야릇한 냄새와, 긴장이 기억이 아닌 현실로 나타났다. 그는 몸을 피하고자 하는 순간적 충동을 억눌렀다. 의심받을 행동을 했다간 그들의 총이 불을 뿜을 것이었다. 그저 평범한 한국인으로 행세하면 그만이었다.

"헤이, 조온, 와츠 매러(이봐, 조온, 무슨 일이야)?"

어느 미군의 외침이었다.

그 소리를 듣자 김범우는 우리말보다 영어를 많이 쓰던 산타카탈리나가 문득 떠올랐다.

그는 마을 쪽으로 천천히 걸었다. 눈에 띄는 미군은 네댓 명이었고, 마을 사람들은 쭈뼛거리며 불안해하고 있었다. 그는 걸음을 멈추지 않았다. 미군들은 자기네끼리 무슨 얘기를 하며 키들

거릴 뿐 자신에게는 아무런 관심을 쓰지 않았다. 그들이 그렇게 태평스러운 것은 거의 무저항 상태에서 진격하고 있기 때문이라고 여겨졌다.

김범우가 마을의 끝머리에 이르고 있을 즈음이었다.

탕, 타앙―.

"워메 엄니이!"

두 발의 총소리와 여자의 찢어지는 비명이 동시에 울렸다.

탕, 따앙―.

"워메 나 죽네!"

우물가에서 물동이를 이고 돌아서던 여자의 물동이가 총소리와 함께 박살 나면서 물이 쏟아지고, 여자가 비명을 지르며 주저앉는 일이 한순간에 일어났다. 방금 주저앉은 여자 옆에 다른 여자가 물을 뒤집어쓴 채 퍼질러 앉아 있었다.

이런 망할 자식들! 김범우는 열이 불끈 솟았다.

"뷰리플, 위 아 베스트 화이러(좋아, 우린 최고 사격수야)."

"댓츠 잇(맞았어). 으하하하……."

미군 두 명이 둔덕 위로 올라서며 웃어 젖히고 있었다.

웃음소리에 놀란 두 여자가 황급히 일어났다. 그리고 마을 쪽으로 이어진 좁은 길을 뛰기 시작했다. 그런데 미군 둘이 뭐라고 주고받더니 여자들을 뒤쫓아 뛰었다. 여자들은 금방 미군들에게

잡혔고, 뒤이어 두 여자가 길 옆 풀섶으로 내던
져지듯 했다.

"웨러 미닛, 갓 뎀 지아이(멈춰라, 미군 놈
들아)!"

김범우는 고함치며 내달렸다. 그는

달리던 기세대로 한 미군의 등짝을 걷어차고 또 다른 미군의 낯짝을 후려갈겼다. 두 여자가 재빠르게 기어서 몸을 피했다.

두 미군이 욕을 내뱉으며 대검을 뽑아 들고 다가들었다. 김범우는 조금 뒤로 물러서며 둘의 급소를 노렸다. 상대가 큰 동작으로 공격해 오면 그 허점을 틈타 사타구니를 걷어 올릴 참이었다. 그건 상대방을 즉사시킬 수 있는 공격법이었다. 산타카탈리나에서 익힌 위기 모면술이었다. 독립을 위해 일본 놈들한테 써먹자고 미국에서 익힌 기술을 여자의 정조를 지키고자 미군에게 써먹으려 하고 있었다.

"웨러 미닛, 웨러 미닛!"

미군 하나가 이쪽으로 달려오며 외쳤다. 권총으로 공포도 쏘았다. 그 뒤를 미군들이 우르르 따라왔다.

김범우는 숨을 길게 내쉬었다. 두 미군도 공격 태세를 풀었다.

"무슨 일인가? 공산주의잔가?"

소위가 권총을 김범우에게 겨누며 부하들에게 물었다.

"아니오, 당신 부하들이 저 여자들을 겁탈하려 했소."

김범우는 재빨리 말하며, 그때까지 웅크리고 서서 떨고 있는 두 여자를 가리켰다.

"그게 사실인가?"

소위가 권총을 내리며 부하들에게 물었다.

"아닙니다. 그냥 장난을 했을 뿐입니다."

머리칼이 붉은 사병이 대답했다.

"총은 왜 쏜 건가?"

"사격 연습이었습니다."

"죄송합니다만, 장교님의 부하는 장교님을 속이고 있습니다. 난 미군은 정의롭고 용감한 군대라고 알고 있습니다. 안 그렇습니까?"

김범우는 소위를 보며 웃었다.

"그건 사실이오."

소위가 긴장의 빛을 띠며 고개를 끄덕였다.

"상관에게 거짓말은 곤란하다고 생각합니다. 당신 부하가 무슨 짓을 했는지 내가 말해도 되겠습니까?"

김범우는 그들 예법을 갖춰 가며 그들 방식으로 말했다.

"좋소, 말하시오."

"고맙습니다. 당신의 두 부하는 사격 연습을 한 게 아니라 저 여자들이 머리에 인 질그릇을 총을 쏘아 깨뜨리는 야만적인 장난을 했습니다. 그 증거가 젖은 저 여자들의 옷이고, 저쪽 우물가에 깨진 그릇입니다. 그리고 당신 부하들은 저 여자들을 겁탈하려고 이 자리에 쓰러뜨렸습니다. 난 참을 수가 없어서 그들을 한 방씩 갈겼고, 그들이 대검을 뽑아 덤비는데 장교님이 온 겁니다. 급한 김에 당신 부하들을 한 대씩 갈긴 것을 정식으로 사과

합니다."

김범우는 자기가 한 일을 사과하는 여유까지 보였다.

"지저스 크라이스트(제기랄)!"

소위가 두 부하를 향해 내뱉었다.

"당신 영어 잘하는데, 직업이 뭐요?"

소위가 권총을 권총집에 넣으며 물었다.

"영어 선생이오."

"영어 선생? 여기서 말이오?"

"아니오, 서울이오."

"서울? 그런데 왜 여기 있소?"

소위의 눈빛이 달라졌다.

"전쟁을 피해 고향으로 가는 길이었소."

"나하고 같이 좀 갑시다. 아무래도 이상한 게 있소."

소위는 고개를 갸웃거렸다. 김범우는 순간적으로 불길한 생각이 스쳤다.

"이상하긴 뭐가 이상하다는 거요?"

김범우는 걸음을 옮기며 물었다. 소위는 대꾸 없이 걷기만 했다. 자신이 의심받고 있음이 분명해 김범우는 입을 다물었다. 말을 많이 하는 건 의심을 키울 뿐이었다.

큰길에는 트럭이 서 있었다. 소위는 트럭 앞자리에 타라고 턱짓을 했다. 일이 더럽게 꼬인다고 생각하며 김범우는 운전대 옆자리로 오를 수밖에 없었다. 운전석으로 소위가 올라왔다.

"당신 영어 선생이란 건 거짓말이고, 스파이지?"

소위가 쏘아보며 싸늘하게 말했다.

"그게 무슨 소리요? 스파이라면 두 여자 겁탈당하는 걸 막자고 그렇게 행동을 할 리가 있소?"

"그럼 당신이 영어 선생이란 증명을 하든지, 스파이가 아니라는 증명을 해."

"영어선생이란 증명은 내가 하는 영어로 충분하잖소."

"다른 증거를 대. 바로 당신의 그 유창한 영어가 스파이라는 증거야. 그 완벽한 영어로 미군의 기밀을 탐지해 내는 스파이! 내 말이 맞지!"

소위는 삿대질을 하며 소리쳤다. 기초 정보 교육을 받은 장교다운 논리의 왜곡이었다. 잘못 어물거리다가는 꼼짝없이 스파이로 몰릴 판이었다. 스파이로 몰리면 그의 총 한 방으로 끝장이었다.

"말조심해! 내 영어는 바로 당신네 육군이 가르쳐 준 거야. 나는 1945년 8월 15일까지 일본을 무찌르기 위한 미국의 스파이 OSS였다. 당신 OSS가 뭔지나 알아?"

김범우는 일부러 기세등등하게 소리쳤고, 소위는 파란 눈을 휘둥글게 떴다.

"당신은 꽤 위험하고도 중요한 인물 같은데, 당신을 조사하는 일은 내 능력 밖이오. 당신을 상급 기관에 넘길 수밖에 없소."

김범우는 그렇게 해서 전주로 다시 실려 오게 되었다.

"오우, 그동안 수고 많았소. 우리가 조회한 결과 당신의 진술은 모두 사실이오. 반갑소, OSS 대원 톰슨!"

소령이 손을 불쑥 내밀었다. 김범우는 마지못해 그 손을 잡았다.

"자, 앉읍시다. 할 얘기가 있소."

소령이 자리를 권했다.

"우린 지금 여러 가지 어려움을 겪고 있소. 그중의 하나가 영어를 잘하는 한국 사람이 부족하다는 점이오. 그래서 당신이 우리와 함께 일해 주기를 바라고 있소."

소령은 자못 엄숙하게 말했다.

"제 능력을 인정해 줘서 고맙습니다만, 전 지금 고향으로 돌아가는 길이고, 거기서 할 일이 따로 있습니다."

김범우는 부드럽게 웃어 보였다.

"그 일이 뭐요?"

소령의 낯빛이 달라졌다.

"학생들을 가르쳐야 합니다."

"이 전쟁은 당신들을 위한 전쟁이오. 지금 상황에서 어떤 것이 더 중요하오?"

"전쟁이 중요하다는 건 알고 있습니다. 그러나……."

"알았으면 됐소. 당신 일은 결정된 거요."

"아니, 그게 무슨 말입니까? 내 얘길 다 듣지도 않고."

"더 들을 필요 없소. 난 당신의 의사를 존중하는 협의를 하는 게 아니라 명령을 하고 있는 거요."

"그런 강압적 월권이 어디 있소. 난 미국인이 아니라 한국인이오, 한국인!"

"설마 이 전쟁의 작전권이 누구한테 있는지 모르진 않겠지요? 우린 언제든지 필요한 인력을 징집하고, 필요한 물건을 징발해서 쓸 수 있는 권한이 있다 그거요."

소령이 비웃는 듯한 웃음을 입가에 물고 있었다. 빌어먹을 영감탱이, 작전권까지 넘겨가지고……. 김범우는 담뱃갑을 와락 끌어 잡았다.

23

앞길도 막히고 뒷길도 막히고

한탄강 물줄기는 투명하게 푸른 하늘을 담은 채 흐르고, 강변에는 가을꽃 들국화가 끝없이 피어 있었다.

북으로 후퇴하는 사람들은 으레 한탄강가에서 고단한 다리를 쉬고는 했다. 이학송 일행도 강가에서 다리를 쉬고 있었다.

이학송은 먼 산줄기를 바라보고 있었다. 북으로 올라올수록 산이 많아져 앞에도 산, 뒤에도 산, 옆에도 산, 산에 파묻히는 기분이었다. 넓지도 않은 땅에 산이 7할이고, 나머지 3할이 평지인데 거기서 나는 곡식마저 지주들의 착복이 계속되었다. 그러니 서민들의 삶은 얼마나 고달팠으랴. 1할도 못 되는 소수의 삶을 호화롭게 하기 위해 9할이 넘는 다수가 굶주리고 헐벗어야 하는 사회구조는 마땅히 바꿔야 한다. 그런데 우리는 지금 어디로 가고 있는가……. 이학송은 또 그 생각이 들었다. 그 생각은 분노와 함께 절망을 가져오기 때문에 가능하면 피하려 했다.

이학송은 일어서려다가 옆쪽에 앉아 있는 김미선에게 눈길을 멈추었다. 굳어진 듯 앉아 있는 그녀의 얼굴에는 곧 눈물이 될 것 같은 슬픔이 담겨 있었다. 또 두고 온 아이들을 생각하는가……. 이학송은 눈길을 돌리며 생각했다. 당원의 마음과 어머니의 마음, 그녀는 그 두 마음으로 갈등을 겪고 있었다. 그녀는 지나가는 소리처럼 "아이들이 눈에 밟혀요." 하고는 말에 어울리지 않게 환하게 웃어 버렸다. 그 환한 웃음이 얼마나 쓰라린 어머니의 마음인지 충분히 헤아릴 수 있었다. 그녀의 갈등은 자식들을 떼어 놓고 떠나온 투철한 정신의 당원이기에 겪어야 하는 아픔이었다.

"김 동무, 무슨 생각을 그리하십니까?"

이학송은 마음 갉아먹는 생각을 더 못하게 해 주고 싶어 일부러 말을 걸었다.

"아, 네……." 그녀는 약간 당황한 듯하더니 "강도 꽃도 눈물 나게 서럽네요."라며 엷게 웃었다.

"예, 해필 가을입니다."

이학송은 무심한 듯 대꾸했다.

"혁명의 색깔은 붉은색인데, 저 보라색은 무슨 색깔이면 좋을까요?"

김미선은 들국화 밭을 먼 눈길로 바라보고 있었다.

"글쎄요, 색깔이 곱긴 한데, 너무 애상적이라서……."

"혁명을 완수한 다음 목숨을 잃은 전사들을 추모하는 색깔로 저걸 정했으면 좋겠어요. 저 색깔은 억울하게 매 맞은 사람의 피멍 같기도 하고, 한의 색깔이 저럴 것 같기도 하고 그래요. 당원으로서 안 어울리는 말인가요?"

"무슨 말씀입니까? 헌데 김 동무는 한의 색깔을 보랏빛으로 생각하시는군요. 저는 흰빛일 거라고 생각하는데."

"원통한 감정이 쌓이고 또 쌓이다 보면 하얗게 될지도 모르겠네요."

김미선이 가느다랗게 한숨을 내쉬었다.

이학송 일행은 다시 북으로 길을 잡아 강을 건너기 시작했다.

철원은 갈가리 찢기면서 불타고 있었다. 시가지는 불길에 휩싸였고, 보따리를 이고 진 사람들은 허둥지둥했고, 자지러지는 아이의 울음소리와 숨넘어가는 비명과 서로를 부르는 소리와 화염에 휩싸인 큰 건물 무너지는 소리와 쉴 새 없이 터지는 폭음이 뒤엉켰다. 비행기들은 숨 돌릴 겨를 없이 로켓탄을 퍼붓고 있었다.

《해방일보》 일행은 겨우 외곽으로 빠져나왔다.

기온이 떨어지면서 밤길 걷기는 이중으로 고역스러웠다. 어두운데다 걸을 때 난 땀이 쉴 때는 한기로 변했다. 강원도를 벗어나 황해도 땅을 꼬박 사흘 동안 걸어 수안에 도착한 것이 10월 10일이었다. 수안도 중심가는 이미 불타 버렸고 변두리의 오막살이들만 간신히 폭격을 면해 있었다. 크든 작든 면 단위 이상의 소재지는 비행기의 폭격으로 불타지 않은 곳이 없었다. 군사시설이든 민간인의 집이든 가리지 않는 초토화 작전이었다. 그들 일행은 행여나 하는 마음으로 인민위원회를 수소문해서 찾아갔다. 인민위원회는 텅 비어 있었고, 그들처럼 행여나 하고 찾아온 사람들이 서성이고 있었다. 발길을 돌리다가 열 명 남짓한 부하를 데리고 있는 군관을 만났다. 그에게서 벌써 오래전에 미군이 원산과 진남포에 상륙했다는 말을 들었다. 그 말을 듣고 일행은 깊은 침묵으로 빠져들었다. 미군의 상륙은 앞길이 막혔다는 의미였다. 그야말로 진퇴양난이었다.

"동무들, 떠납시다, 북으로."

이원조가 말했고, 그가 앞장섰다.

수안을 떠나 한 시간쯤 걸었을 때, 길가에 질펀하게 널려 있는 미군 시체들을 발견했다. 매복에 걸려 1개 소대가 몰살당한 모양이었다. 백인·흑인이 뒤섞여 죽어 있는 모습을 그들은 말없이 지켜보았다.

"흥, 꼴들 좋군."

누군가가 말했다.

"남의 땅에 왜 맘대로 들어와. 당해 싸지!"

여자의 차가운 목소리였다. 그게 김미선인 것은 보지 않고도 알 수 있었다. 이학송은 그녀가 당원이라는 사실을 떠올리며 걸음을 떼어 놓았다.

염상진 일행 여섯은 담양 근방에서 북으로 가는 발길을 멈추었다. 장성 갈재가 막히고, 순창 쪽의 길도 막히면서 북으로 가는 길이 모두 막히고 말았다. 물론 후퇴만을 목적으로 한다면 산길로 갈 수도 있었다. 그런데 도당이 후퇴를 중단했으므로, 도당의 모든 하부 조직은 후퇴를 중단해야 했다. 그가 군당 조직을 둘로 나누는 무리를 해 가며 그곳까지 온 것도 도당의 지시에 충실하기 위해서였다. 이제 자신이 해야 할 일은 군당으로 되돌아가는 일이었다.

"군당으로 돌아가야 되지 않겠소."

"그래야지요. 서두르는 게 좋겠습니다."

염상진의 말에 안창민이 표정 없이 대꾸했다. 그 옆에서 이해룡은 입을 꾹 다문 채 꽤나 속이 상한 표정이었다. 강동기와 다른 두 사람은 그저 묵묵히 서 있었다.

군당 집결지를 떠날 때 안창민도 이해룡도 후퇴를 마땅찮아했다. 하대치와 오판돌은 말할 것도 없었다. 그러나 도당의 지시를 어길 수는 없었다. 그래서 입산자들을 읍·면 단위로 나누어 그 지휘 책임을 하대치와 오판돌에게 맡겨 놓고, 안창민 이해룡과 함께 나선 것이었다. 세 명을 더 붙인 것은 하대치 쪽과 선을 댈 필요 때문이었다.

염상진은 발길을 되돌리며, 군당 조직부터 그들을 신속하게 빼돌린 것을 다행으로 생각했다. 만약 그 조처를 하지 않고 왔더라면 자신의 군당도 지금쯤 갈피를 못 잡고 분산되었을 것이다. 지역당들이 무질서하게 흩어져 있는 모습을 사방에서 목격할 수 있었다. 네댓 명씩 덩어리를 이루어 북쪽으로 계속 가는가 하면, 어쩔 줄 몰라 우왕좌왕하는 축들도 많았다.

"이러고들 있지 말고 어서 소속 당을 찾아가시오."

염상진은 그런 사람들을 만날 때마다 같은 말을 되풀이했다.

"당에서 북쪽으로 가라고 혔는디요?"

"당이 어디 있는지 알아야제라."

"참말로, 앞길도 막히고 뒷길도 막히고. 인제 어째야 쓸까이."

모두가 이런 식의 대꾸였다.

염상진은 군경이 광주에 진입했다는 소식을 듣고는 길을 버리고 산자락을 밟았다. 광주에 군경이 들어왔다면 각 군에도 그들이 곧 들어올 것이었다. 그는 무질서하게 흩어진 하부 조직들이 걱정스러웠다. 각 군이 군경에게 장악당한 상태에서 우왕좌왕하다가는 개죽음당하기 십상이었다.

"우선 산으로 들어가서 아무 조직이나 찾아내세요. 그리고 그 조직을 통해서 자기 조직을 찾아가야 합니다."

염상진은 만나는 사람마다 붙들고 이렇게 말했다. 야산 투쟁 경험자인 구빨치가 이미 산속에서 조직 수습에 나서고 있을 것을 그는 확신했다.

염상진 일행은 야산 굽이에서 이상한 말다툼을 하고 있는 네 젊은이를 만났다. 하나는 인민군이었고, 셋은 학생 같았다. 그런데 인민군은 가슴에 × 모양으로 탄알 꿰미를 걸었는데 총이 없었고, 정작 총을 들고 있는 사람은 다른 셋 중의 하나였다. 그러고 있는 모양도 야릇한데, 그들 사이에서 벌어지고 있는 시비에 인민군이 열세인 듯 보였다. 염상진은 셋이서 인민군의 총을 빼앗은 것이라고 생각했다.

"실례하겠소. 무슨 일이오?"

염상진의 목소리가 위압적이었다.

"누군디, 왜 그요?"

총을 든 젊은이가 조금도 달라지는 기색 없이 염상진에게 눈길을 딱 고정시켰다. 그 당돌한 태도에 염상진은 어이가 없었다. 더욱이 그는 셋 중에 몸집이 가장 작았다. 그런데 그 눈만은 총기가 서리고 날카로웠다.

"보아하니 학생 같은데, 그게 나이 든 사람한테 쓸 만한 말버릇이라고 생각하시나? 어느 지방당 소속이오?"

열일고여덟밖에 안 돼 보였지만, 염상진은 당규대로 존대를 썼다.

"광주시당인디요, 동무는 어디시다요?"

대답으로 끝나지 않고 되물어 오는 그 다부진 태도가 눈 생긴 값을 한다 싶어 염상진은 빙긋 웃었다.

"난 보성군당 위원장 염상진이라 하오."

"야아?" 젊은이는 눈을 크게 뜨며 "작은 스탈린으로 이름난 염상진 위원장님이시라고라?" 하며 믿을 수 없다는 듯 염상진을 올려다보았다.

"틀림없이 그분이시오."

염상진의 입장을 생각해서 안창민이 말했다.

"아이고메, 버르장머리 없이 군 것 용서해 주시씨요. 지는 서중학교 세포책 조원제라고 헙니다."

젊은이는 꾸벅 고개를 숙였다.

"괜찮소."

염상진은 여전히 웃음 띤 얼굴로 젊은이를 내려다보며 '서중학교 세포책 조원제'를 되뇌었다.

"같은 사업하는 동무들이구만요. 싸게 인사드려."

조원제는 다른 두 명을 인사시켰다. 하나는 "뵈어서 영광이구만요." 했고, 다른 하나는 "존경하고 있습니다." 했다.

염상진은 도무지 쑥스러워 얼굴을 들고 있기 어려웠다.

"위원장 동무께서는 보성 근방에서만 이름이 난 것이 아니라 광주까지도 유명하시군요."

흡족한 얼굴로 싱글거리며 이해룡이 말했다.

"화순군당 위원장 먹장군 동무와 함께 학생들 사이에서 유명허시구만요. 화순군당의 그 열렬한 투쟁과 보성군당의 해방구를 장악하고 벌인 투쟁은 학생들의 투쟁 의지를 불타게 허는 모범이었구만요."

조원제는 상기된 얼굴로 말했다.

"그건 다 소영웅주의의 발상이오." 염상진은 자르듯 말하고는 "그래, 인민군 전사와 무슨 문젯거리가 있소?"라며 인민군을 바라보았다.

"예, 이 총알은 중대장 동무께서 제게 맡기시면서 끝까지 잘 보관했다가 반환하라고 했시요. 그런데 일이 잘못돼서 부대가 흩어졌는데, 중대장 동무를 찾아댕기다가 저 동무들을 만나게 됐디요. 기린데 저 동무래, 자기는 총이 있고 나는 총알만 있으니끼니 총알을 자기한테 넘기라는 거야요. 나는 군관 동무의 명령을 받았으니끼니 죽어두 안 된다구 하구, 저 동무들은 내놓으라 하구, 입씨름을 하고 있었디요."

인민군은 또록또록하게 말했다.

"그게 사실이오?"

염상진은 조원제에게 물었다.

"예."

"조 동무는 총알이 하나도 없소?"

"한 서른 발 있구만요."

조원제는 씨익 웃었다. 자기 욕심을 시인하는 그 웃음이 어찌나 천진하고 솔직해 보이는지 염상진도 마주 웃음이 나오려는 것을 꾹 눌렀다.

"그것이면 우선 급한 대로 됐고, 차차 더 구해 쓰도록 하는 게 좋겠소. 전사 동무한테 총알을 요구하는 건 명령 불이행을 범하라는 소리 아니겠소?"

"논리는 그런디, 이 정신없는 판국에 중대장 동무를 못 찾게 되면 저 총알은 무용지물잉께요."

"동무는 그런 걱정까지 마오. 내래 결사적으루 중대장 동무를 찾아내고 말 테니끼니."

인민군 전사가 부르르 떨며 소리쳤다. 그가 총알을 빼앗길까 봐 그러기보다는 정말 중대장을 못 찾게 될까 봐 그런 거부감을 나타내는 것이라고 염상진은 생각했다.

"전사 동무 말이 맞소. 꼭 중대장 동무를 찾아서 그 총알을 전하도록 하시오."

염상진의 말이었다.

"위원장 동무, 일을 공정하게 처리해 줘서 고맙시요. 안녕히 가시라요."

경례를 붙인 전사는 황급히 돌아서더니 뛰기 시작했다. 낙오된 저 젊은이가 낯선 땅에서 과연 중대장을 찾을 수 있을까……. 염상진은 멀어져 가는 전사의 뒷모습을 지켜보고 있었다.

"서중 몇 학년이오?"

이해룡이 조원제에게 물었다.

"4학년이구만요."

"흥, 4학년!" 이해룡은 코웃음을 웃고는 "총 들고 그러지 말고 공부나 하는 게 어떻겠소?"라며 조원제를 귀여운 아이 보듯 했다.

"동무나 우리헌테 총 넘기고 쉬는 것이 어떻겄소? 빨치산 환갑 나이 벌써 지난 것 같은디."

조원제가 야무지게 쏘아붙였고, 모두 웃음을 터뜨렸다. 스물다섯 살을 빨치산 환갑이라고들 했다.

"광주에 군경이 들어왔고, 시당이 무등산으로 빠졌다는 건 알고 있소?"

염상진이 정보 제공을 겸해 확인했다.

"알고 있구만요."

조원제가 시무룩하게 대답했다.

"시당에 선을 대려면 우리가 가는 길목이니 함께 가도 좋겠소."

염상진의 보호 의식 발동이었다.

"고맙구만요. 근디 즈그들은 딴 데로 붙었으면 쓰겄구만이라.

셋 다 집이요 근방잉께요."

"그럼 그렇게 하시오. 연고지를 낀 투쟁이 유리할 때가 더 많으니까."

"근디 조직 없는 공산당은 존재헐 수 없다고 알고 있는디, 요번 후퇴를 당허고 봉께 선이란 선은 다 끊기고 헝클어지고 말이 아니구만요. 요것이 어찌 된 일이당가요?"

"전쟁의 돌발 상황은 조직을 혼란에 빠뜨릴 수 있소. 그러나 조직의 힘은 그 혼란을 얼마나 신속하게 수습하느냐 하는 문제로 연결되오. 혼란에 빠진 모양을 보고 조직에 대해 회의하지 말고 그걸 수습해 가는 것을 보고 우리 조직의 위대성을 확인하도록 하시오. 지금의 혼란은 1단계로 열흘, 2단계로 닷새, 합해서 보름이면 완전히 수습될 것이오. 내 말이 맞는지 틀리는지 주시해 보시오. 건투를 빌겠소."

염상진이 손을 내밀었다.

"잘 알겠구만요. 작은 스탈린이라고들 혀서 키도 작으신 줄 알었등마……."

조원제는 악수를 하며 염상진을 올려다보았다.

24

요런 징글징글헌 놈의 세상!

경찰의 빨갱이와 부역자 색출이라는 바람이 마을을 차례로 휩쓸었다. 그러나 그 바람은 별로 거둬 갈 만한 게 없었다. 안창민네가 읍내로 들어오기 전에 지주나 유지들이 미리 피해 버린 것과 똑같은 형국이었다. 조사 결과 입산자가 300명을 넘는다는 사실에 경찰은 쓴 입맛을 다셨다. 그건 진짜 알맹이는 다 빠져나가 버렸다는 뜻이면서 적이 전쟁 전보다 늘어났다는 뜻이었다. 그들은 남자들의 절반이 입산한 마을이 있다는 것을 알고 뒤늦게 놀랐다. 대표적인 마을이 들몰이었다. 들몰이 그렇게 된 것은 김종연과 서인출의 영향이었다. 농지개혁을 앞두고 지주들이 자행하는 파렴치 행위를 막기 위해 집단 시위를 벌인 그들은 그 일의 주동

174

자 김종연과 서인출을 계속 믿고 따랐던 것이다. 경찰은 여자 입산자가 많다는 것에도 놀랐다. 염상구는 장흥에 있던 외서댁이 벌교로 돌아와 여맹에서 날뛰다가 입산까지 해 버렸다는 말을 듣고는 헛웃음이 나왔다. "허기야 저수지에 빠져 죽을라고 헌 독헌 년잉께." 그는 혼잣소리를 씨부렸다.

지주들도 바람을 일으켰다. 그들은 이런저런 방법으로 농지개혁에서 빼돌린 자기네들 논을 일삼아 돌면서 헛기침을 하고는 했다. 사람들은 그들의 헛기침이 '이놈들아 빨갱이들이 한 농지개혁은 다 무효야!'라는 뜻임을 다 알아들었다. 인공의 농지개혁으로 자기 논이 된 줄 알고 열성으로 농사를 지었던 사람들은 속이 뒤집힐 일이었다.

입산자 가족들을 상대로 한 조사에서 부역자를 거의 색출하지 못한 경찰은 조사 대상을 각 마을 사람들로 바꾸었다.

"딱 한 사람만 대. 그럼 절대 비밀에 부치고, 넌 살아나. 아니면 넌 죽어."

"아 글쎄 부역헌 사람들은 다 떠나 뿌렀당께요."

"너 정말 죽고 싶어! 그럼, 네가 한 부역을 대!"

"아니어라, 지는 아무 일 안 허고 아그들 키우고 밥만 해 먹었구만이라."

"닥쳐!"

이 대목에서 주먹이 날아가거나 몽둥이가 날아갔다. 그러나 입산자 가족들은 댈 만한 이름을 찾아내지 못했다. 사실 표 나게 움직였던 사람들은 다 떠났고, '부역했다.'는 게 어디까지를 말하는 것인지 모호했다. 행동으로 협조하지 않았더라도 동조하는 마음까지 포함시킨다면 농지개혁을 열렬하게 환영한 소작인들 모두가 부역자였다.

결국 마을 사람들을 상대로 한 조사도 별 효과를 보지 못했고, 엉뚱한 사람들이 끌려가는 소동이 이 마을 저 마을에서 벌어졌다.

"역시 벌교가 제일 많군요. 이렇게 되면 우리 군에서만 1,500이오. 군마다 이런 식이라면 도 전체를 따지면 2만이 될 판이오. 이거 보통 난리가 아니오."

남인태가 전화 속에서 흥분하고 있었다. 무리가 아니었다. 입산자 집계 결과에 자신도 놀란 참이었다. 권 서장은 숨을 들이켰다.

"사태가 심각하군요. 도 전체로는 더 많을지도 모릅니다. 화순이나 광양·구례는 우리 군보다 좌익이 강세고, 순천·여수가 또 있잖습니까?"

권 서장은 별로 내키지 않았지만 상황 파악을 위해 말했다.

"그리고 보니 규모가 큰 광주에다 목포가 또 있잖소? 이렇게 계산하면 전국적으로는 몇십만이 넘는 거 아니오? 인천 상륙 작전을 안 하고 낙동강 전선에서 그대로 위로 밀어붙였더라면 그것들이 그대로 밀려 이북으로 갔을 게 아니겠소?"

"예, 그리됐겠지요."

"미군이 큰 실수를 한 거요. 시간이 걸리더라도 인천 상륙 작전을 하지 말고 밑에서부터 차근차근 밀어 올려서 남한 빨갱이를 대청소하는 건데. 그리되면 고분고분 말 잘 듣는 것들만 데리고 나라가 얼마나 편안해졌겠소. 그것들이 산속으로 기어들어 갔으니 우리 입장에서 보자면 전쟁이 끝나 가는 게 아니라 이제부터 시작인 거요."

"하여튼 앞으로가 큰일이군요. 그런데 율어 지서장 문제는 어떻게 돼 가고 있습니까?"

권 서장은 이야기를 돌렸다. 그에게 이근술 문제는 단순한 흥밋거리일 수가 없었다.

"도경으로 불려 갔으니까 무사하진 못할 거요."

"그럼, 무슨 처벌을 받게 된다는 겁니까?"

"말단도 아닌 지서장이 빨갱이들 손에서 살아났는데, 그게 있을 수 있는 일이오?"

"글쎄요, 그 속을 당장 알기야 어렵겠지요."

권 서장은 전화를 끊고 나서도 이근술에 대해 생각했다.

읍내로 돌아와 며칠이 지난 뒤에 경찰들 사이에서 이근술 지서장이 어떻게 살아날 수 있었는지 의견이 분분하게 오갔다. 그 추측에 불과한 말들이 무성해진 것은 장본인이 일절 입을 열지 않았기 때문이다. 그러다가 그는 결국 그 일로 도경의 호출을 받았고, 경찰들은 그가 어떻게 될지 관심을 기울였다. 권 서장도 마찬가지였다. 다만 그가 살아나기 위해 이적 행위를 하지는 않았으리라는 생각은 들었다. 그는 자기 판단에 따라 예비검속을 명령대로 수행하지 않았다. 그의 행위는 엄연히 명령 불복종이었다. 그 명령 앞에서 이근술처럼 행동한 경찰이 전국에 몇이나 될 것인가. 권 서장은 어쩌면 이근술이 유일할지도 모른다는 생각과 함께, 그가 엄청나게 용기 있는 사람이거나, 바보처럼 단순한 기분파일 거라고 생각했다. 이근술의 그런 행동 때문에 권 서장은 자기 마음속에 남아 있던 괴로움이 더 커졌다. 그 행위의 후유증이 인공 치하에서 여지없이 나타난 것을 생각하면 그것이 과연 옳은 일이었는지 괴롭게 돌이키지 않을 수 없었다.

도경에 불려 간 이근술은 사찰과장에게 몇 마디 질문을 받고 자술서를 쓰게 되었다.

"같은 경찰관끼리 조사 형식을 취한다는 게 서로 곤란하니까 자술서를 쓰시오."

사찰과장의 말이었다. 이근술도 그게 속 편한 방법이라 고개를 끄덕였다.

이근술은 수사실에서 염상진에게 조사받던 때의 응답과 똑같은 내용의 자술서를 썼다.

"당신, 여기에 쓴 게 사실 그대로요?"

자술서를 다 읽고 난 사찰과장이 물었다.

"그렇구만이라. 뭐가 잘못되었는게라?"

이근술이 눈을 껌벅거렸다.

"그런 행동을 하기 전에 명령을 어긴다는 것에 대해선 생각하지 않았소?"

"그것이 긍께 남 서장님이 물었던 말이나 같은 것인디, 거기 쓴 그대로구만이라."

"그럼, 그때나 지금이나 똑같은 생각이란 말이오?"

사찰과장의 어조가 약간 높아졌다.

"한 가지 일에 사람 맘이 같아야지 이랬다저랬다 허면, 둘 중 하나는 거짓말 아니겄는게라?"

사찰과장은 어이없다는 표정으로 이근술을 바라보다가 입을 열었다.

"그러면 정말 아무것도 협조한 일 없이 살아났다 그 말이오?"

"협조허란 말도 없었고, 무슨 협조를 혀야 살려 준다고 혔으면 그리 근천스럽게 살아날라고도 안 혔을 것잉마요."

"허 참, 알다가도 모를 일이오."

사찰과장이 짧은 헛웃음을 흘리며 자술서를 들고 일어났다. 그는 당신 같은 사람이 어떻게 일정 때부터 경찰 노릇을 해 먹었는지 모르겠소, 하는 말을 참고 있었다.

이근술은 사무실 구석에서 하룻밤을 보내고 나서 경무부장을 만났다.

"자술서 내용을 다 사실로 인정한다 해도, 이 주임은 그자들 손에서 살아났다는 사실을 어떻게 생각하시오?"

경무부장이 신중하게 물었다. 그런데 이근술은 그가 무엇을 묻고 있는지 선뜻 잡히지 않았다.

"무, 무슨 말씀이신가요?"

"아, 다시 말하자면…… 그게 경찰에 대한 체면 손상이라고 생각지 않느냐 그런 뜻이오."

가만있거라, 요것이 어떻게 돌아가는 판국이냐. 이근술은 머리가 핑 돌았다. 경찰의 체면을 손상시키지 않았으려면 그때 자폭을 하든지, 자결을 하든지, 경찰답게 죽었어야 한다는 결론이었다.

"그리 생각허자면 그럴 수도 있는 일이기는 허겄구만요."

이근술은 대들고 싶은 생각을 뚝 부러뜨렸다. 혼자의 힘으로는 맞설 일이 아니었다.

"본인의 생각도 그렇다면 이 일을 조용히 해결할 방법은 찾아진 셈 아니겠소?"

경무부장이 이근술을 바라보았다. 이근술은 그 눈동자가 요구하는 말에 밀리고 있었다.

"사직서를 쓰면 되겠는가요?"

이근술의 말에 경무부장은 말없이 고개만 끄덕거렸다.

한편, 권 서장은 국민병 징집에 쫓기고 있었다. 전선이 전국으로 확대되면서 병력 확보가 시급해진 정부는 밤낮없이 징집을 독촉했다. 시한도 시한이지만 현지 사정을 고려하지 않고 징집자

수를 할당해 놓은 것이 일을 더욱 어렵게 했다. 어차피 징집이란 강제 행위니까 해당자를 끌어가는 것이야 총부리 들이대면 별문제 아니지만, 머릿수를 채워야 하는 건 고역이었다. 게다가 전투 병력뿐만 아니라 전투 병력을 뒷바라지할 노무자도 뽑아야 했다.

그런데 징집영장을 보낸 뒤에 몇몇이 어디론가 자취를 감추어 버리는 일이 생겼다. 부모들을 끌어다가 추궁했지만 별다른 효과가 없었다.

"고것들이 보나 마나 산으로 쨀 것이제라. 나한테 조사를 맡기면 실토를 받아 낼 것인디."

염상구의 말이었다. 그 말은 추측만이 아니었다. 그의 무작스런 매질 앞에서 부모들은 자식들이 산으로 내뺀 것을 실토했다. 그런 그들의 아버지는 쉰이 넘지 않은 이상 제1차로 노무자 대상이 되었다.

그 징집 바람은 부역자 색출만큼 거세게 모든 마을을 휩쓸었다.

"아이고메, 일정 때는 일정 때라고 끌어가고, 인공 때는 인공 때라고 끌어가고, 대한민국은 대한민국이라고 끌어가고, 나라라고 해 주는 것 아무것도 없으면서 생목숨들 끌어다 죽이는 일만 헌당께로. 남편이고 아들이고 열씩이라도 못 당허겄다, 요런 징글징글헌 놈의 세상!"

"일정 때 징용 끌려가서 간신히 살아와서 또 노무자로 끌려가게 생겼으니, 남정네들 살기 팍팍헌 놈의 세상이여.”

나이 든 여인네들의 탄식이었다. 아들을 많이 둔 여자일수록 시름이 깊었다.

피난에서 돌아온 송성일은 울적한 마음으로 병원을 찾아갔다.

“듣던 것보다 많이 아픈갑네이?”

송성일은 최서학의 핏기 없이 마른 모습을 보고 놀랐다.

“다 살아난 꼴 보고 놀라는 것 봉께 읍내에 막 들어왔을 때 봤더라면 기절혔겄다.”

최서학이 반가움이 넘쳐 목소리를 높였다.

둘은 그동안 서로 지내 온 이야기를 나누느라 꽤나 긴 시간을 열기에 젖어 들었다.

“근디 징집영장은 나오고 엄니는 절대 군대에 가선 안 된다고 야단이고, 나는 새중간에서 똑 죽을 맛이시. 엄니는 돈으로 막겄다지만 언제까지 돈을 써야 할지도 모르고…….”

송성일은 기운 없는 소리로 말했다. 그가 울적한 것은 뭉텅뭉텅 들어가는 돈도 돈이지만, 징병 기피를 해야 하는가 하는 고민 때문이었다.

“나야 괴뢰군복 입고 괴뢰군하고 싸운 반공 상이용사라 해당 없다만, 니는 고민이 태산이겄다. 지금 군대 갔다가는 다 개죽음 잉께.”

최서학은 냉정한 웃음을 흘리며 말했다.

"어째야 헐지 환장허겄구만."

송성일은 신경질적으로 머리를 긁었다.

이학송 일행은 대동강을 건넜다. 다리를 건넌 이학송은 대동강을 돌아보았다. 아침 햇살이 강 위에 내리고 있었다.

"평양이군요. 오늘이 17일이죠?"

김미선은 다리를 절룩이면서도 목소리에 감격을 담고 있었다.

"맞소, 17일. 평양이 처음이오?"

이학송은 앞만 보고 걸으며 물었다.

"네, 진작 와 보고 싶었는데……."

평양도 역시 전쟁 속에 내던져진 도시였다. 폭격을 당한 건물들이 흉측스러웠고, 거리에는 사람마저 드물어 썰렁한 적막감이 섬뜩하게 끼쳐 왔다. 평양이 후퇴의 목적지가 될 수 없다는 판단에서 오는 낙망 때문인지도 몰랐다. 제대로 먹지도 자지도 못하고 22일을 걸어서 다다른 곳, 공화국의 수도 평양은 무의식중에 1차 목적지로 설정될 수밖에 없었다.

"어머 저것 좀 보세요!"

김미선은 무슨 감탄할 만한 것이라도 찾아낸 듯 건너편을 손가락질했다.

"아니, 전차 처음 보시오?"

그녀의 손가락이 가리킨 곳에는 전차 한 대가 굴러가고 있을 뿐이었다.

"양키들의 폭탄 세례가 확실히 효과가 있는 모양인데요. 이 동무의 빠른 눈치까지 멍하게 만들었으니 말예요." 김미선은 쿡쿡 웃고는 "전차 운전수 안 보이세요?"라며 다시 전차를 손가락질했다.

"아, 여자 아닙니까? 폭격당하면 어쩌려고 태연하게 운전을 하는 걸까요?"

이학송은 멀어지는 전차를 바라보고 있었다.

"이제야 이 동무 눈치가 제자리를 잡았네요. 제가 왜 놀란 줄 아세요? 여자가 전차를 운전한다는 것하고요, 이런 위험한 상태에서도 자기가 맡은 책무를 유유히 이행하고 있다는 점이에요."

김미선의 말에 이학송은 고개를 끄덕였다.

"공화국에서 남녀평등 노동법을 시행하고 있는 줄은 알았지만 저렇게까지 평등하게 사회 진출이 이루어지고 있는지는 몰랐어요. 남쪽에선 꿈도 꾸지 못할 일 아녜요?"

"그렇지요, 남녀평등이라는 말조차 쓰길 꺼리는 형편이지요."

김미선의 얼굴에 기쁨의 빛이 내비쳤다. 저런 정열이 공산주의자가 되게 했구나 하고 이학송은 생각했다.

일행은 로동신문사로 갔다. 신문사는 폭격을 당하지 않은 상태였다. 3층 건물인 신문사의 규모와 시설을 둘러본 이학송은 놀라지 않을 수 없었다. 남쪽의 그 어느 신문사보다 제작 시설이 나았던 것이다. 사무용품이나 소파 같은 집기도 고급스러웠고, 기자들의 휴식을 위한 댄스홀도 갖추어져 있었다. '신문은 조직자이며 선동자이다.' 그런 시설들을 살펴보며 이학송은 마르크스의 말을 떠올렸다.

《해방일보》 일행은 평남도당의 지시를 받아 그날부터 도당 기관지인 《평남로동신문》을 발간하게 되었다. 이원조가 총책임인 주필이 되었다. 그들은 어렵지 않게 신문을 만들 수 있었다. 비록 등사판 신문이나마 매일 《해방일보》를 만들던 구성이라서 기사 작성은 얼마든지 가능했다.

19일 새벽 네 시 무렵, 《해방일보》 일행은 잠이 덜 깬 채 짐들을 들고 신문사 마당으로 쏟아져 나왔다. 어둠 속에서 포성이 멀게 그러나 자주 울리고 있었다. 한 시간 뒤인 5시에 대동강 다리가 폭파될 거라는 말이 누군가의 입에서 흘러나왔다. 그들은 어둠을 헤치며 다시 북쪽으로 걷기 시작했다.

평양을 벗어나 날이 밝자 비행기의 맹폭이 시작되었다. 편대를 이룬 비행기들은 끔찍스럽게 폭탄을 퍼부어 댔다. 그들은 나무숲을 파고들어 또 억지 휴식을 취해야 했다. 거칠 것 없이 날아다니며 도시에 폭탄을 퍼붓고, 사람에게는 기총소사를 해 대는 비행기들을 올려다보며, 이학송은 폭탄을 끝없이 퍼부어 대는 미국은 대체 어떤 나라일까, 어마어마한 화력으로 무차별 공격을 가해 그 민족이 가고자 하는 역사를 가로막고 나선 저들은 대체 무엇인가, 비감한 마음으로 그 생각을 되씹었다.

한편, 서울을 떠난 김범우는 개성을 지나고 있었다. 지프차의 뒷자리에 앉은 김범우는 미군복 차림이었다. 그러나 모자나 옷 어디에도 군인이라는 표지는 없었다. 같은 차림새인 미국 사람 셋도 마찬가지였다. 김범우는 무표정하게 스쳐 지나가는 것들에 눈길을 보내고 있었다. 전투부대가 휩쓸고 지나간 이른바 평정 지역을 뒤따르고 있는 그로서는 전쟁으로 파괴된 온갖 모습을 볼 수밖에 없었다.

"왜 그렇게 당신은 우울하고 언제나 말이 없소?"

옆에 앉은 심슨이 더는 못 참겠다는 듯 며칠 전에 한 말이었다.

"사람이 저렇게 마구 죽어 가고 도시란 도시는 다 파괴되고 있는데, 나더러 웃으란 말이오?"

김범우는 쏴 질러 버렸다.

"이건 전쟁이오."

김범우는 너희 나라에서 이런 꼴이 벌어져도 그렇게 말할 수 있겠어! 라는 말을 참아 냈다. 그의 동료들은 미국인이고 정보원이었다. 그들에게 섣부르게 감정 노출을 하는 것은 바보짓일 뿐이었다.

전주에서 서울로 보내진 김범우는 용산 어느 부대에서 신체검사를 받고 효자동으로 옮겨 갔다.

"우린 당신의 경력을 믿고 있소. 그 기대에 어긋나지 않게 협조해 주기 바라겠소. 당신이 맡을 임무는 통역이오. 그 밖의 일에 대해선 알려고 할 필요 없소. 그것을 어겼을 때 어찌 되는지는 OSS 훈련을 거쳤으니 설명이 필요치 않으리라고 생각하오."

육중한 체구의 대머리는 손가락보다 더 굵고 긴 시가를 질겅거리며 말했다.

그곳은 짐작했던 대로 CIC의 분실이었다.

김범우는 지금까지, 두 여자를 못 본 척해야 하지 않았을까 하는 생각과, 아니 그건 잘한 일이라는 생각을 수백 번도 더 엎었다 뒤집었다 해 왔다. 그런데 CIC의 통역을 해야 한다고 결정이 나자 그때의 일이 엄청난 후회로 다가왔다. 두 여자의 정조의 가치와, 정보 통역으로 저질러야 하는 잘못……. 그 일이 이런 결과를 가져올 줄 알았더라면 두 여자가 추행당하는 것을 단호히 외면했을 것이다. 김범우는 입맛을 완전히 잃었고, 잠도 제대로 자지 못했다.

다음 날부터 시작된 통역 일은 곤혹스럽기 짝이 없었다. 그곳에 붙들려 온 사람들은 철저한 공산당원에 정보적 가치가 있는 직무를 맡은 사람들이었다. 그런 그들 앞에서 미군을 위해 통역을 한다는 것은 죽기보다 괴로운 일이었다. 그러나 김범우는 그런 내색을 하지 않은 채 그들의 요구대로 충실한 통역이 되도록 애썼다. 자신이 시험대 위에 올라 있다는 것을 망각해선 안 되었다. 미국인들은 그들 나름의 몇 단계 시험을 거치지 않고는 국적이 다른 사람을 믿지 않으며, 유색인종에게는 더 심하다고 하와이 포로수용소의 도라지가 귀띔해 주었던 것이다. 더구나 여기는 정보기관이었다. 자신의 옆에 앉은 서너 명 중에서 누가 우리말을 대충이나마 알아듣고 있는지 모를 일이었다. 우선 그들에게 신뢰를 받아야 했다.

나흘째 되는 날, 마흔쯤 돼 보이는 남자와 마주 앉았다. 얼굴에 고문당한 상처와 멍이 있었는데, 그의 눈에는 이상한 빛이 이글거리고 있었다. 김범우는 그 사람과 마주 앉자 등줄기가 섬뜩했다.

"당신은 비합법적인 방법으로 정보활동을 하다 체포되었으므로 당신의 생사는 본 조사의 협조 여부에 달렸소. 본 조사에 적극 협조함으로써 귀한 생명을 구하고 자유를 찾기 바라오."

김범우가 막 통역을 마쳤을 때, 그 사람이 침을 뱉었다.

"이 개만도 못한 놈! 민족을 팔아먹는 똥만도 못한 놈!"

그 사람이 이글거리는 눈으로 김범우를 노려보며 외쳤다.

"저 자식 끌어내!"

조장이 벌떡 몸을 일으키며 소리쳤다. 그 사람이 끌려가고 나서 김범우는 얼굴에 묻은 침을 닦았다. 그리고 그 사람의 말을 통역했다. 그러나 '민족을 팔아먹는'이란 부분은 통역하지 않았다. 자신의 감정을 위해서도, 미국인의 감정을 위해서도, 그리고 그 사람의 생존을 위해서도.

"왜 참았소, 한 대 갈길 줄 알았는데."

심슨이 야릇한 웃음을 흘렸다.

"난 통역관일 뿐이오."

김범우는 잘라 말하며 일어났다.

"당신은 잔인하도록 냉정한 사람이오. 그 인내에 놀랐소."

심슨이 뒤에서 말했다.

김범우는 가슴을 긁어내리는 듯 고통스러웠다.

그런 생활을 하며 서울을 떠날 때쯤 그들은 농담을 던질 정도로 친숙감을 나타냈다.

"평양 여자들이 한국에서 제일 예쁘다면서?"

심슨이 심심해 죽겠다는 듯 말을 걸어왔다.

"나도 안 봐서 몰라."

김범우는 속으로, 개새끼! 하면서도 대꾸는 아무렇지도 않은 듯 그렇게 했다.

지프차는 덜컹대면서도 평양을 향해 줄기차게 굴러가고 있었다.

25

그자는 빨갱이요

선우진은 순천경찰서에 사흘째 머물고 있었다. 계급장 없는 군복을 입고 있는 그는 선생 때의 모습과는 너무 달랐다. 예사로 욕을 내뱉는가 하면, 행동도 거칠었고, 눈에는 독기를 품고 있었다.

그가 순천에 와서 가장 먼저 한 일은 이미 색출한 부역자나 좌익들 중에서 순천중학생과 선생이 몇인지 파악한 것이었다. 그다음에는 그들을 직접 심문했다.

그는 사흘째 심문을 하고 있었다. 그동안 그를 거쳐 간 학생이 38명이었다. 그러나 그는 아직 목적을 달성하지 못했고, 갈수록 초조했다. 날이 갈수록 조사 대상자는 줄어드는데 아무런 단서도 잡히지 않는 까닭이었다. 그러나 아직 34명이 남아 있었다. 그

중에 선생은 여섯이었다. 학생들을 끝내고 나서 그들을 심문할 작정이었다.

서른아홉 번째 학생을 끌어오게 한 선우진은 만년필을 들어 서른여덟 번째 이름 앞에 가위표를 질렀다. 만약 이놈들을 다 조사해도 그놈들을 찾아내지 못하면 어쩌나……. 그는 남아 있는 이름들을 쏘아보면서 또 그 생각을 했다. 아니야, 그 세 놈이 여기 들어 있지 않더라도 어떤 단서는 찾을 수 있을 거야. 그놈들이 아무리 비밀을 지킨다고 해도 한통속인 놈들이 모를 리 없지. 그 놈들이 누군지 알아내기만 하면 일단 목적은 달성하는 것이다. 이름만 알아내면 추적은 그다음에 하면 된다. 다 잡지는 못하더라도 한둘만이라도 꼭 잡아내야 한다. 그놈들을 잡아내서…….

"여기 데려왔습니다."

굵은 목소리가 지하실을 울렸다.

명단에서 눈을 뗀 선우진은 문 쪽으로 고개를 느리게 돌렸다.

"아니! 서, 선우 선생님!"

학생이 소스라치게 놀라며 토해 낸 소리였다.

"이쪽으로 와서 앉아."

선우진은 턱짓을 했다. 학생의 놀람에 비해 그의 얼굴이나 말에는 아무 감정도 묻어 있지 않았다. 그로서는 벌써 서른아홉 번째나 똑같은 장면을 목격하고 있을 뿐이었다. 학생은 쭈뼛거리며 그의 책상 앞에 놓인 의자에 엉덩이를 걸쳤다. 학생의 두 팔은 뒤로 묶여 있었다.

"김광식!"

"예, 선생님……."

학생이 엉덩이를 들먹이며 대답했다.

"똑똑히 들어라, 난 이제 선생이 아니다. 내가 뭘 하는 사람인지 알겠나!"

선우진의 입가에 쓴웃음이 어렸다.

"잘 모, 모르겠는디요."

말을 더듬은 학생은 마른침을 삼켰다.

"난 특무대다!"

"야아!" 학생이 몸을 벌떡 일으켰다가 앉으며 흡뜬 눈으로 선우진을 바라보았다.

선우진의 꾹 다문 입술이 왼쪽으로 씰그러졌다. 내가 네놈들이 놓은 칼침을 맞아 가면서 선생질만 해 먹을 줄 알았지? 어림 반 푼어치도 없다. 내가 네놈 빨갱이들, 씨를 말리고 말 거다!

"김광식!"

"예에……."

"절대 거짓말을 해선 안 된다. 만약 거짓말을 하면 참말을 하게 만들어 준다. 그 맛이 어떤지 알고 싶으면 거짓말을 해도 좋다.

괜히 어물어물 넘기려는 생각도 싹 없애라. 여긴 적당히 넘어가는 교실이 아니고 경찰서 지하실이다."

선우진의 목소리가 메마르고 낮았다. 학생은 그 말에 벌써 질렸는지 온몸을 부들부들 떨었다.

"내 말대로 할 수 있겠나!"

"예에, 선생님……."

"앞으론 다시 그놈의 선생님이란 소리 지껄이지 말앗. 알겠나!"

선우진이 느닷없이 책상을 내리치며 소리를 질렀다. 심문의 시작이었다.

"예에, 알겠습니다."

학생이 부들부들 떨리는 입술을 이빨로 물었다.

"고개를 똑바로 들어라."

선우진의 목소리는 다시 메마르고 낮아졌다. 학생이 고개를 치켜들며 앉음새를 고쳤다.

"언제부터 빨갱이질을 시작했나?"

"……요번 난리가 나고부터구만요. 특별히 헌 것은 없고, 소학생들헌테 노래 가르치는 일을 주로 했는디요."

김광식은 입에 붙은 '해방전쟁'이란 말을 애써 피해 굳이 '난리'라고 했다.

"너 초장부터 거짓말할 거야?"

"아니구만요. 선생……. 아니, 저, 거짓말이 아니구만요."

"좋아, 너 그럼 난리가 나기 전부터 빨갱이질한 놈들을 알고는 있지?"

"예, 다는 몰라도 몇몇은 알고 있구만요."

"넌 내가 빨갱이 학생 놈들한테 칼부림당한 일을 알고 있지?"

"예에……."

김광식은 기어드는 소리로 대답하며 고개를 떨구었다.

"고개 똑바로 들어라!"

선우진의 목소리가 높아졌다. 그 말을 물을 때마다 학생들은 한결같이 고개를 떨구었다. 처음 몇 차례는 의심을 품었지만 똑같은 반응이 되풀이되자 그것이 같은 입장으로서 갖게 되는 공통적 죄의식이라는 사실을 그는 깨달았다.

"그 짓을 한 놈들이 누군지 대!"

"금메, 고것은 모르는디요."

김광식은 바싹 마른 입술에 침을 발랐다.

"같은 말 두 번 묻지 않는다! 누군지 대!"

"참말로 모르는구만요. 그 일을 학생들이 저질렀다는 소문만 났제 고것이 누군지는 꿩 귀 먹은 자리였당께요. 들통나면 영락없이 징역살이를 헐 판인디, 비밀을 철통같이 지키지 않았겠는가요. 그러니 그때는 좌익 활동을 안 헌 저는 알 수가 없제라."

"네 말대로 그땐 그랬다 쳐도, 빨갱이 세상이 되고 나서는 그놈들이 공을 내세우느라고 그 말을 떠벌리고 다녔을 것 아니냔 말야. 어서 누군지 대!"

"그럴 수도 있는 일이지만, 저는 그런 소문 못 들었구만요."

"요런 쌍간나 새끼, 너 진짜 말하게 만들어 줄까!"

마침내 선우진의 입에서 욕이 튀어나왔고, 눈에서는 살기가 피어올랐다.

"거짓말 아니구만요, 지가 헌 일도 아닌디 알면 다 말허제 어째 거짓말을 허겄는게라."

"이 새끼, 아가리 닥치고, 일어나!"

선우진은 벌떡 몸을 일으키고는 우악스럽게 학생의 뒷덜미를 낚아챘다. 학생은 일으켜 세워지며 눈을 질끈 감았다. '삼팔따라지'라고도 했고, '식은 죽'이라고도 했던 선우진 선생이 몇 달 사이에 이렇게 무섭게 변해 버린 것을 도무지 믿을 수가 없었다.

선우진은 천장에 박힌 쇠고리에 늘어져 있는 동아줄 끝을 학생의 묶여 있는 손목 사이로 꿰었다. 그리고 동아줄을 사정없이 위로 치켜 올렸다. 학생의 묶인 두 팔이 위로 휘어지며 어깨와 목은 앞으로 내뻗는 형국이 되었다. 동아줄 끝을 쇠고리에 꿴 선우진은 그 끝을 계속 아래로 잡아당겼다. 학생의 팔은 더욱 심하게 위로 휘어지며 몸도 따라 올라왔다. 학생의 발끝이 겨우 시멘트 바닥을 딛게 되자 선우진은 동아줄을 쇠고리에 고정시켰다. 고개를 늘여 뺀 학생은 신음 소리를 흘리고 있었다.

"자, 지금도 늦지 않았다. 그놈들이 누군지 대라!"

메마르고 나지막한 선우진의 목소리였다.

"선생님, 지는 아무것도 모른당께요. 살려 주시씨요, 선생님."

학생이 고개를 치켜든 채 울먹였다.

"요 간나 새끼, 난 너 같은 빨갱이 새끼를 제자로 둔 일이 없다. 정 거짓말을 하겠다면 어디 맛 좀 봐라."

선우진은 벽에 걸려 있는 전깃줄을 내렸다. 두 줄의 전깃줄 끝에는 가락지 모양의 철사가 달려 있었다. 그는 그 동그라미를 학생의 엄지손가락에 각각 끼웠다.

책상으로 돌아와 앉은 선우진은 담배를 피워 물었다. 특무대에 몸담으면서 피우기 시작한 담배였다.

"각오하라, 전기 고문이다!"

선우진은 이 말과 함께 스위치를 접촉시켰다.

"악! 으아, 아으악, 우왁, 아우아, 으아와……."

학생은 온갖 비명을 토해 내며 몸을 비비 꼬고 떨고 푸득거리며 몸부림쳤다.

"어떤 놈들이냐, 빨리 불어!"

"으아아, 아우크크, 아우와아……."

학생의 비명과 몸부림은 계속되었다. 선우진은 스위치를 껐다. 거짓말처럼 비명과 몸부림이 뚝 멎었다. 학생의 몸이 축 처졌다.

"어떤 놈들이냐, 어서 대라!"

"차, 참말로 모르는구만요. 참말이구만요, 참말이어라."

학생은 힘겹게 말을 토해 냈다. 눈은 풀려 있었고, 입꼬리로 묽은 침이 흘러내렸다.

"이 새끼, 맛을 더 봐야 되겠다 그거지. 좋다, 얼마든지 보여 주지."

선우진은 다시 스위치를 접촉시켰다.

"우악!"

다시 비명이 지하실에 가득 차고, 몸부림치는 그림자가 뒷벽에 어지러운 무늬를 찍었다. 두 번째는 첫 번째보다 그 시간이 배는 길었다. 선우진은 스위치의 접촉을 끊었다.

"이래도 바른대로 안 댈 테냐!"

"저, 저는…… 아는 것이…… 없구만이라. 제가 잘못헌 것은 공화국 만세 부르고, 노래 가르치고…… 의용군에 지원헸다가 어리다고 퇴짜 맞은 것뿐이구만이라……."

묽은 침을 질질 흘리며 학생은 횡설수설하고 있었다.

"요 간나 새끼, 무슨 개소리야." 학생에게 다가간 선우진은 "네 놈이 계속 거짓말하면 새까맣게 타 죽는다. 어서 그놈들이 누군지 대!" 하고 싸늘하게 말했다.

"살려 주시씨요, 참말로 암것도 모른당께라, 살려 주씨요……."

학생의 눈에서 눈물이 흐르고 있었다.

"이걸 봐! 이 명단에서 그전부터 맹렬하게 활동한 놈들을 골라내."

선우진은 학생 앞에 종이를 펼쳐 보였다. 학생은 눈을 껌벅거리며 눈길을 종이로 모았다.

"홍성문이허고, 윤태중이가 있구만요. 그 둘은 전부터 세게 활동했구만이라."

학생은 무슨 구원이라도 받은 것처럼 목소리에 생기가 돌았다.

선우진은 더 묻지 않고 종이를 접었다. 그 둘을 지적했으니 더 취조할 필요가 없었다. 그 두 학생은 다른 학생의 취조에서도 드러났고, 김광식은 다시 그들을 지적해 거짓말하고 있지 않다는 것을 입증한 셈이었다. 선우진은 동아줄을 풀었다. 갑자기 줄이 풀리는 바람에 학생은 몸의 중심을 잡지 못하고 비틀거리다가 겨우 제대로 섰다. 선우진은 숨을 깊이 들이켜며 벽에 붙은 초인종을 눌렀다. 또 한 가닥의 분함과 초조가 가슴에 감겨 왔다.

선우진은 만년필을 들어 다시 가위표를 지르며 한풀 꺾이려는 마음을 다잡았다. 넌 그때 죽을 뻔했어! 그놈들은 너를 죽이려고 했어! 온몸을 난자당해 병원에서 두 달 동안 고통에 시달렸던 일이 현실로 펼쳐졌다. 그건 지난 일일 수 없었다. 그는 그때의 고통을 잊지 않으려고 교직을 버리고 특무대원이 된 것이었다.

온몸을 칼질당한 고통도 고통이지만, 알몸으로 삼팔선을 쫓겨 넘어와서 그런 꼴을 당했다는 것이 더 견디기 어려운 고통이었다. 공산주의자들에 대한 그의 원한은 더 깊어졌다. 그놈들에게 원수를 갚지 않고는 도저히 살 수 없을 것 같았다. 그러나 원수를 갚는 방법이 문제였다. 김범우가 위문을 왔을 때, 경찰이나 군대에 투신하지 않은 것을 후회했던 것도 결코 즉흥적인 말이 아니었다. 김범우는 이해하기 곤란한 사람이었다. 공산주의 활동은 하지 않으면서 사고방식은 영락없이 공산주의자였다. 자본주의를 부정했으며, 지주계급의 몰락을 당연시했고, 월남민들의 행동을 비판했다. 다른 건 다 몰라도 월남민에 대한 비판을 보면 그는 이북 빨갱이들과 하나도 다를 게 없었다. 만약 김범우가 지금 눈앞에 나타난다면 가차 없는 체포감이었다. 학식이 좀 들었다는 그런 부류들 때문에 사회 혼란이 일어나는 것이었다. 그런 부류들은 모두 잡아들여 정신 개조를 시킬 필요가 있었다.

상처들이 차츰 아물어 가면서 변소를 오갈 수 있게 될 즈음에 고향 선배 송지운을 만나게 된 것은 참으로 꿈 같은 일이었다. 송지운은 서청단원으로 토벌 작전에 참가했다가 배에 총상을 입고 입원 중이었다.

"아니, 이 꼴이 뭐야 이거! 이래 가지구 살아난 게 기막히다야. 요런 빨갱이 놈들, 다 찢어 죽여야 돼! 너, 선생질 당장 때려치우라우. 이 원수 갚게 날 따라나서!"

송지운은 열 군데가 넘는 자신의 상처를 보고 흥분해서 마구 소리를 질렀다.

"나도 일선에서 공 세울 만큼 세웠으니, 이제 서청을 떠나 정식 부대인 특무대로 가게 됐어. 너도 맘 단단히 먹고 학교 때려치우

라우. 다시 학교로 돌아갔다가는 언제 또 그런 꼴 당할지 모르잖
나 말야. 이남 빨갱이들이 미군 다음으로 미워하는 게 우리 월남
민들이라는 걸 똑똑히 알아 두라고."

송지운이 진지하게 한 말이었다.

"난 형 같은 공이 없는데……."

"그런 건 염려 말라구. 네가 입은 상처가 훌륭한 공적이고, 특
무대는 전투부대가 아닌 수사대니까 너같이 학력 높은 사람을
환영하는 곳이야. 그리고 내가 추천서를 달면 문제 없어."

퇴원하고 집에서 요양을 하면서도 그는 결정을 내리지 못했다.
광주로 간 송 선배는 어서 결정을 내리라고 편지를 보내왔다. 몸
이 완치될 때까지 시간을 달라는 답장을 보내며 머뭇거렸다. 그
러다가 학교에 다시 나가게 되었다. 공산주의자들에 대한 원한과
는 별개로 군대에 들어가서 일을 해낼 만한 자신감이 서지 않았
다. 그렇게 반년이 지났고, 그사이에 송 선배가 여수 분실 중간 책
임자로 자리를 옮겨 왔다.

그가 가까이 있게 되자 마음이 한결 든든했고, 학교생활도 안
정되었다.

그런데 전쟁이 일어났다.

"빨리 학교에서 빠져나와 경찰서로 가라우. 경찰서에 가서 내
이름 대고 기다리고 있어."

송 선배가 전화통 속에서 소리쳤다. 그렇게 그를 따라 진해로 갔고, 그가 떠미는 대로 특무대로 들어갔다. 전선의 변동에 따라 부산까지 갔다가 광주로 이동하는 틈에 그는 굳이 순천에 들른 것이었다. 순천에 머물 수 있는 시간은 닷새였다.

선우진은 명단을 다시 훑다가 이명준의 얼굴이 퍼뜩 떠올랐다. 그런데 그의 이름은 명단에 없었다. 그는 민족정기니 사회 개혁이니 떠벌여 대는, 김범우와 다를 게 없는 불순분자였다. 그놈이 벌써 처단을 당해 죽었을까? 글쎄……. 선우진은 여순반란 사건 직후에 그와 벌였던 말싸움이 생생하게 떠올랐다.

"다음 놈 데려왔습니다."

"아, 잠깐!" 선우진은 다급하게 돌아앉으며 "미안하지만 순중에 이명준이란 자가 선생을 하고 있는지 속히 알아봐 주시겠소?"라고 말했다. 그동안 왜 그놈 생각을 못했는지 모를 일이었다.

"알겠습니다. 당장 알아보죠."

형사가 고개를 끄덕이며 돌아섰다.

"너, 이쪽으로 와서 앉어."

선우진은 전번과 똑같은 어조로 말했고, 똑같이 턱짓을 했다.

"아이고메! 서, 선생님……."

선우진의 얼굴을 알아본 학생도 앞의 학생과 똑같이 소스라치게 놀랐다.

"입 닫고 조용하게 앉아."

선우진은 매서운 눈길로 학생을 훑고 담배에 불을 붙였다. 그때 형사가 나타났다.

"이명준은 현재 근무 중입니다."

"뭐라구!"

선우진은 벌떡 몸을 일으켰다. 그리고 소리쳤다.

"그자를 당장 체포하시오!"

"예! 무슨 혐의가 있습니까?"

형사가 눈을 껌벅였다.

"그자는 빨갱이요!"

"아 예, 알겠습니다."

형사가 고개를 꾸벅하고는 급히 돌아섰다.

26

압록강의 물을 마시며

양효석은 중위로 진급했지만, 별로 달갑지 않았다. 진급이 기분 나쁠 건 없지만, 그는 자기네 연대가 북상 진격에서 제외된 것이 불만스러웠다. 만약 북진하면서 진급했다면 더없이 흥겨웠을 것이다.

낙동강 전선을 돌파한 그의 부대는 북쪽으로 진격했다. 그런데 대구 가까이에서 발이 묶이고 말았다. 산속으로 들어간 적과 싸워야 한다는 것이었다. 삼팔선을 가장 먼저 넘어 이북 땅을 짓밟을 생각에 들떠 있던 그의 기분은 산산조각 나고 말았다. 적지를 활보하며 통쾌한 보복을 하려던 기대가 후방의 패잔병들이나 뒤쫓는 꼴로 바뀐 것이다. 그런 맥 빠지는 형편에서 진급이 되었으니 진급 기분이 날 리 없었다. 후방 부대라서 안전하고 편하다면 또 모르겠는데, 전투는 전투대로 해야 했다. 기왕 싸울 바에는 최전선에서 싸워야 공이 돋보일 테고, 공이 돋보여야 진급도 쉬울 것이었다. 진격 중단은 이래저래 기분을 잡쳐 놓았다. 그는 군대밥을 먹는 날이 늘어 가면서 빨갱이들에게 원수를 갚겠다는 생각에다 군인으로 출세해야겠다는 야심을 보태게 되었다. 그는 중학교를 졸업할 때까지만 해도 쌀장사 포목 장사로 돈을 벌어 알부자 소리를 듣는 아버지에게 아무런 불만도 없었다. 아버지가 높은 사람들에게 꼼짝 못하거나 유지 행세를 못하는 것도 당연하게 생각했다. 족보가 없는 집안이라는 생각은 족보가 두꺼운 최서학 같은 아이들과의 관계에서도 자연스럽게 한풀 꺾이게 만들었다. 그런데 군인이라는 것이 큰 권력을 누릴 수 있는 자리라는 사실을 알게 되었다. 전쟁 때의 막강한 권한은 말할 것도 없고, 전쟁 때가 아니어도 장군을 무시할 사람은 없었다. 장군은 하급 장교나 사병들에게는 엄청난 존재였고, 도지사라면 몰라도 읍장이나 군수쯤은 꼼짝달싹 못할 것이 분명했다. 최서학이 판검사가 되겠다고? 그렇다면 난 장군으로 맞서겠다! 그는 최서학 정도는 한주먹으로 회를 칠 수 있으면서도 소학교 때부터 한풀 꺾이며 살아온 것이 뒤늦게 억울했다. 그리고 송경희가 할퀴어 놓은 상처는 결코 잊을 수 없었다.

"송씨하고 양가하고 지체가 같다고 생각하나요?" 반도호텔 커피숍에서 당한 그 모멸감을 생각하면 가슴에서 전기가 일었다. 그는 그때마다, 두고 보자며 부르르 떨고는 했다. 송경희 때문에라도 반드시 장군이 되어야 했다.

제트기들의 광포한 공격을 아슬아슬하게 피한 이학송은 청천강을 건넜다. 그사이 그들 일행은 셋으로 줄었다. 다른 두 사람은 김미선과 조판공 박 영감이었다. 40여 분에 이르는 제트기들의 맹공이 끝난 다음 이학송이 비탈을 기어 올라가 보니 길바닥에는 시체들만 즐비할 뿐, 살아 있는 사람은 보이지 않았다. 일행이 다 죽었나 보다 싶어 그는 정신없이 시체들을 살폈다. 기총소사를 당해 험상궂은 모습으로 숨이 끊어진 시체를 일일이 확인했지만 일행은 보이지 않았다. 나만 혼자 떨어지고 다들 한꺼번에 피한 것일까? 모두 뿔뿔이 흩어져 버린 건 아닐까? 그는 그런 생각에 쫓기며 길 언저리 산비탈로, 밭 사이로 허둥대고 다녔다. 자신이 한 곳에서 꼼짝 못하고 있는 동안 일행들은 위험을 피해 어디론가 움직인 것이 분명했다.

"해방일보! 해방일보오! 어딨소!"

그는 손나팔을 해서 있는 대로 소리를 지르며 짙어지고 있는 어둠 속을 걸었다.

한참을 소리치며 걷던 이학송은 얼핏 무슨 소리가 들리는 것 같아 걸음을 우뚝 세웠다.

"해방일보, 여기예요, 여기!"

왼쪽 밭에서 들려오는 여자 목소리였다.

"아니, 김미선 동무!"

이학송은 격하게 소리치며 밭으로 뛰어내렸다.

"어머, 이학송 동무!"

김미선이 뛰어오며 소리쳤고, 그 뒤 수숫단 속에서 박 영감이 걸어 나왔다.

"그렇잖아도 박 영감님하고 앞길을 걱정하고 있던 참이었어요."

두 손을 맞잡아 깍지 낀 김미선은 눈물이 글썽거렸다.

"됐습니다, 이렇게 만났으니. 가다 보면 또 만날 테니까 어서 여길 뜹시다."

이학송이 기운차게 말했다.

허리까지 차오르는 청천강 물은 맑고도 시렸다. 겨울은 물속에 먼저 와 있었다.

물에 흠뻑 젖은 옷은 아랑곳하지 않고 그들은 민가를 찾아들었다. 사흘째 내리 굶었던 것이다. 그들은 폭격을 맞아 뒤집어진 군수품 수송 트럭에서 집어넣은 비누 두 장을 내놓고 밥을 좀 달라고 했다. 집주인은 누런 옷을 입은 사람들이 집에 들어오는 것

을 비행기에 들키면 폭격을 당한다고 어서 나가라며 벌벌 떨었다. 어디서나 비행기 공포증에 걸려 있었다. 사실 비행기들은 군복을 찾아내기만 하면 사생결단 기총소사를 퍼부었다. 그러나 세 사람은 통사정했고, 박 영감은 허리를 굽히고 또 굽혔다. 주인이 어쩔 수 없이 뜨거운 밥을 지어 냈다. 사흘째 굶으며 걸은 배고픔은 밥맛을 식별하지 못했다.

"구장에 벌써 코쟁이들이 들어왔시요."

주인의 말에 세 사람은 가슴이 내려앉았다. 강계로 가자면 거칠 수밖에 없는 곳이 구장이었다. 마침내 적진 속에 들어앉게 되고 만 것이었다. 두께를 알 수 없는 포위 상태였다.

"이제 어떻게 해야 하나요?"

김미선이 절망스럽게 말했다.

"가야지요. 그놈들을 피해 가는 데까지 가야지요."

이학송이 단호하게 말했다.

"어디까지 말인가요?"

김미선은 이학송한테서 끼쳐 오는 한기를 느꼈다.

"압록강까지! 갈 길은 얼마든지 있습니다."

이학송은 박 영감에게 손을 내밀었다. 박 영감이 얼른 지도를 꺼냈다. 박 영감은 교과서용 지도를 꼭꼭 접어서 가지고 있었는데, 그동안 벌써 몇 번을 펼쳐 보며 길을 잡아 왔던 것이다.

강계로 가는 길을 버리고, 운산·온정을 거쳐 초산으로 가기로 목적지를 바꾸었다. 일단 초산까지 가서 그다음 상황에 대처하기로 했다. 장담할 수 없는 앞길이지만 결단을 내리지 않을 수 없는 상황이었다.

"갑시다. 갈 길은 지금까지 온 길의 반의반도 안 남았소. 압록강 물에 낯이나 씻어 봅시다."

이학송이 앞장서며 말했다. 그의 얼굴에 다시 부드러운 웃음기가 살아났다.

가는 길에 온몸이 물에 젖은 인민군 열댓 명을 만났다. 국방군 대부대에 밀려 자기들은 방금 청천강을 건너왔다고 했다. 미군이 구장을 점령했다고 알려 주자 그들은 당황하며 의논 끝에 군복을 벗었다. 내의 바람이 된 그들은 민가가 나타나는 대로 옷을 구해 입겠다고 했다. 포위망을 벗어나자면 피난민으로 위장하는 것이 지혜로운 방법이었다. 이학송 일행도 군복을 벗었다. 내의가 아닌, 서울을 떠나올 때 입었던 옷들이 드러났다. 밤 추위를 견디기에는 어림도 없는 옷이었다.

길을 잃지 않으면서 비행기도 피해야 했기 때문에 국도를 옆에 두고 산자락을 타는 걷기가 계속되었다. 운산을 비껴 지나 온정으로 발길을 잡았다. 북쪽으로 가는 사람들은 적지 않았지만 서로가 쫓기는 걸음들이라 무표정하게 스쳐 갔다. 밤길 야산을 넘고 넘어, 하루에 한 끼를 겨우 먹으며 온정에 다다랐다.

이른 아침이기는 했지만 어찌 된 일인지 온정 거리에는 사람이 전혀 보이지 않았다. 그 괴이쩍은 적막이 신경에 거슬려 그들은 서둘러 그곳을 벗어났다. 외곽 도로로 나오자 미루나무처럼 키가 큰 하얀 나무들이 길 양쪽에 줄을 잇고 서 있었다. 백양나무였다. 그 나무들이 길을 따라 두 줄로 뻗어 있는 모습은 불안한 마음에도 퍽 인상적이었다.

백양나무 길이 끝나고 얼마를 더 걸어 초산으로 가는 길로 접어들었다. 어느 길에서보다 인민군을 많이 만났다. 모두가 초산으로 간다고 했다. 초산이 집결지였던 것이다. 그들과 섞이게 되자 한결 의지가 되고 기운이 났다.

그러나 앞을 가로막듯 이학송 일행을 맞이한 것은 자강도의 고원 준령과 원시림이었다. 자강도는 조선인민공화국 수립과 함께 도가 새로 분류되면서 붙인 이름이었다. 자강고원은 평균 고도 1천 미터를 헤아리는 원시림 지대였다. 초산은 그 고원을 넘어야만 갈 수 있었다.

극성스러운 비행기들의 추격에서는 벗어났지만 끊임없이 이어지는 고원의 산길은 굴곡이 심하고도 멀었다. 게다가 고원은 이미 깊은 겨울이었다. 먼 백두산에서 휘몰아쳐 오는 매서운 바람에 원시림 가지들은 온갖 소리로 울어 댔고, 굶주림에 지친 몸을 휘감아 꽁꽁 얼어붙게 했다.

"힘내세요. 잠들면 얼어 죽습니다. 이 고비만 넘기면 목적지는 얼마 남지 않았습니다."

이학송은 김미선을 끌었고, 박 영감은 뒤에서 밀었다. 김미선뿐만 아니라 모두가 주저앉으면 다시 일어날 수 없도록 기진맥진해 있었다. 이학송이 김미선에게 하는 말은 자신에게 하는 말이기도 했다.

가도 가도 끝이 없는 원시림의 바다에는 바람과 추위뿐 화전민 하나 찾을 수 없었다. 첫 번째 고개인 우현령을 하루 종일 걸어 넘어섰을 때 10월 24일이 저물고 있었다. 화전이 눈에 띄면서 그들 일행은 생기를 찾았고, 얼마 가지 않아 토담집 세 채를 발견했다. 그러나 그 낡은 집들마저 그들의 차지가 될 수 없었다. 먼저 온 군인들과 일반인들이 뒤섞여 비집고 들어갈 틈이 없었다.

이학송은 이 집 저 집 뛰어다녀 부엌에 세 사람 자리를 마련했다. 부엌이나마 차지한 것도 황감했다. 밤 추위는 무서웠다. 부엌에 가득 찬 사람들은 서로 몸을 맞비비며 덜덜 떨었다. 이학송과 김미선도 어깨를 맞대고 앉아 살을 후벼 파는 추위를 깨물고 또 깨물었다. 잔뜩 웅크린 채 잠이 들락 말락 하던 이학송은 오른쪽 어깨에 무언가가 툭 얹혀 오는 느낌에 눈을 번쩍 떴다. 김미선의 몸이 어깨 위에 맥없이 부려져 있었다. 그건 분명 잠에 곯아떨어진 모습이 아니었다. 그는 김미선을 얼른 안았다. 그녀의 축 처진 몸에서 섬뜩한 냉기가 끼쳐 왔다.

"영강님, 김 동무가 정신을 잃었어요. 물 좀 떠 오세요."

이학송이 윗옷을 벗으며 다급하게 말했다.

"야단났소. 저녁이라도 먹었으면 괜찮았을 텐데."

박 영감이 허둥지둥 일어났다. 이학송은 벗은 옷으로 그녀의 몸을 덮었다.

"김 동무, 김 동무, 정신 차리시오."

박 영감이 찬물을 흘려 넣은 다음 이학송이 그녀의 볼을 토닥였다.

"이게 다 이 늙은것이 잘못한 탓이오. 그저께 옷을 구할 때 한 벌을 더 구했어야 하는데, 김 동무가 됐다기에 돈이 남았는데도 된 줄만 알았지 뭐요."

박 영감은 윗옷을 벗어 김미선을 덮으며 말했다.

"그리 말씀하시면 제 잘못도 똑같습니다. 저도 옷을 더 구할 생각은 못했으니까요. 이게 옷 때문만은 아니니 너무 심려 마십시오."

이학송은 어둠에 잠긴 김미선의 얼굴을 하염없이 내려다보았다. 그녀의 얼굴은 서울을 떠날 때의 얼굴이 아니었다. 굶주리고 잠 못 자며 걸어온 천 리 길의 고통이 고스란히 담긴 얼굴이었다.

여자의 몸으로 얼마나 힘들고 고달팠을까. 김미선이여, 여기서 죽을 수는 없지 않은가. 놓고 온 두 자식을 다시 만나야 하지 않는가. 그대에게는 두 자식을 놓아두고 여기까지 온 혁명의 열정이 있지 않은가. 어서 깨어나라. 두 아이의 어머니로서 천 리 길 장정에 오른 장한 여인이여. 태양처럼 뜨거운 혁명의 열정으로 어서 깨어나라. 압록강이 바로 눈앞이다. 혁명의 장정이 그대를 부른다. 그렇다, 그대와 내가, 그리고 우리 모두가 비행기의 폭격을 뚫고 온 천 리 길은 패배의 길이 아니라 승리를 위한 장정이었다. 중국공산당은 5만 리를 걸었다. 우리는 10만 리를 걸을 각오를 해야 한다. 중국공산당의 상대는 그래도 동족인 국민당이었지만, 우리의 상대는 미 제국주의자 아닌가. 미 제국주의자들을 완전히 몰아내고 혁명을 완수하기 위해, 여인이여, 어서 깨어나라. 혁명의 장정은 그대를 필요로 한다.

이학송의 생각은 기사를 쓸 때처럼 풀려 가고 있었다.

"이 동무, 김 동무가 깨나오!"

박 영감의 뜨거운 목소리였다.

과연 김미선이 몸을 움직거리며 눈을 반쯤 떴다가 감고, 다시 뜨고 있었다.

"김 동무, 이제 정신이 드시오?"

이학송은 반갑게 말하며 고개를 숙였다.

"제가……. 제가, 어떻게 됐나요?"

김미선이 가느다랗게 말했다.

"별일 아니오. 잠시 정신을 잃었었소."

"제가 정신을……. 그랬었군요."

김미선은 자신이 이학송에게 안겨 있다는 것을 알고는 벌떡 몸을 일으켰다. 그러나 그건 마음일 뿐 고개는 들리다가 말았다.

"괜찮아요, 좀 더 누워 계세요."

이학송의 담담한 목소리였다.

김미선은 일어나 앉고서야 박 영감과 이학송의 윗도리가 자신의 몸을 덮혔다는 것을 알았다.

"두 분 얼마나 추우셨겠어요. 어서 옷들 입으세요. 제가 괜히 말썽만 일으키고, 두 분한테 귀찮은 짐이군요."

"무슨 말씀입니까, 난 괜찮으니 그냥 걸치고 계세요."라고 이학송이 말했고 "그래요, 열 뺏기면 또 탈 나요."라는 박 영감의 말이었다. 그러나 둘의 몸은 얼 대로 얼어 있었다.

"이러시다가 이젠 두 분이 정신을 잃으신다구요. 그럼 저 혼자 어떡해요. 어서들 입으세요."

두어 차례 더 같은 말이 오갔다.

"이러면 어떻겠소, 우린 동지끼리니까, 옷을 입기는 입되 단추를 잠그지 말고 김 동무를 가운데 앉혀 양쪽에서 싸는 것이. 다소 거북하더라도 이 밤을 무사히 넘겨야 하지 않겠소?"

박 영감의 제의였다.

"나는 괜찮지만, 이건 김 동무가 결정할 문제요."

이학송의 지체 없는 말이었다. 여기서 얼어 죽을 수는 없다는 생각이 김미선의 머리에 떠올랐다.

"박 영감님 말씀대로 하겠어요."

그래서 김미선 양쪽에 박 영감님과 이학송이 붙어 앉아 옷깃으로 그녀의 몸을 반씩 덮었다.

"좀 거북하더라도 그저 애비거니 생각하시오."

박 영감이 고즈넉이 말했다.

"네에……."

몸을 바짝 웅크린 김미선이 대답했다.

"좀 거북하더라도 그저 오라비거니 생각하시오."

이학송이 박 영감의 말을 흉내 내자 김미선이 푹 웃었다. 박 영감도 이학송도 따라 웃었다.

그렇게 서로 몸으로 몸을 덥히며 깜빡 잠이 들었다가 깨고, 다시 잠에 잡혔다가 놓여나고는 했다. 북풍은 줄기차게 불어 댔고, 고원의 원시림도 쉴 새 없이 울었다.

날이 밝아서 보니 두 개의 물독이 얼어 터져 쩍 금이 가 있었다.

"두 분이 아니었으면 제가 저렇게 됐을 거예요."

김미선이 수줍은 웃음을 지으며 한 말이었다.

옥수수 다섯 개를 사서 구워 먹고 또 길을 나섰다.

끝없는 오르막과 내리막을 걷는 고달픔은 컸지만 비행기의 습격에서 벗어난 것은 속 시원했다. 쉴 때 편안히 쉬고, 낮에 걷고 밤에 잘 수 있다는 것은 무척이나 상쾌한 일이었다. 아무리 미국 비행기라 하더라도 고원의 원시림 앞에서는 꼼짝을 못했다. 편안한 마음으로 쉬며, 원시림 사이로 뚫린 하늘을 날아가는 비행기들을 올려다보면서 비웃어 주는 맛은 보통이 아니었다.

"이 동무, 비행기가 왜 자꾸 북쪽으로 날아가지요? 국경선이 얼마 안 남았는데 어디까지 가려는 걸까요?"

비행기를 올려다보며 김미선이 고개를 갸웃거렸다.

"난 그 생각을 벌써 오래전부터 했어요."

이학송이 무슨 깊은 생각을 하는 얼굴로 말했다.

"혹시 저러다가 만주까지 넘어가는 거 아니에요?"

"나도 그 생각을 하고 있소. 비행기가 저렇게 날아가다가 압록강을 건너 만주 땅으로 넘어가지 않는다는 보장이 없소. 그렇게 되면 그게 고의든 아니든 중국에 대한 침략 행위에 전쟁 도발 행위가 되는 것이오. 벌써 만주 땅을 넘나든 비행기가 있을지도 모를 일이오."

"어머, 그렇면 어떻게 되나요?"

김미선이 놀란 눈으로 바싹 다가앉았다.

"중국이 영토 침략을 당했다면 가만있지 않을 것이오. 가만히 있는다면 미 제국주의의 만행을 인정하는 것이 되고, 또 국제 공산주의의 패배가 되며, 혁명의 나라 중국의 허약을 입증하는 것일 뿐만 아니라, 결국은 미 제국주의의 침략을 북경까지 불러들이는 결과가 될 것이오."

"그런데 중국이 미국을 막으려 나서면 어떻게 되나요. 우리 해방전쟁의 의미가 달라지잖아요?"

"민족해방전쟁이 국제전으로 바뀌는 거지요. 미국의 개입으로 벌써 반은 국제전이 되지 않았소?"

"그러면 미국 비행기들이 단 한 대도 압록강을 넘지 않았다면 어떻게 되나요?"

"그래도 미국이 국경에서 무력 위협한 책임은 져야 할 거요."

"그 책임이라는 건 뭔가요?"

"그러니까…… 개인과 개인 사이에도 공갈 협박죄라는 게 있지 않습니까? 나라와 나라 사이에도 그와 똑같은 문제가 있게 마련이죠. 한 나라가 상대방의 국경을 침략하지는 않았지만 자꾸 무력으로 위협해서 견딜 수 없게 된 상대국이 전쟁을 일으켰을 때, 그 전쟁의 책임은 어느 나라에 있겠습니까? 그건 당연히 의도적으로 전쟁을 유발시킨 나라에 있습니다. 지금 미국은 수만 리 밖에서 막대한 화력을 가져와 중국의 국경을 위협하고 있습니다. 게다가 미국은 국민당을 지원해서 공산당을 말살하려던 나랍니다. 그러니 중국이 느끼는 위협은 아주 심각한 것입니다. 결론적으로 말해서, 만약 중국이 이 전쟁에 나서게 된다면 그 책임은 전적으로 미국이 져야 합니다. 미국이 그 책임을 지지 않으려면 북위 40도 선, 그러니까 영변군·영원군 이상은 비행기를 띄우지 말았어야 합니다. 만약 미국이 그랬는데도 중국이 참전한다면, 그때는 중국의 과잉 반응으로 책임 문제가 달라지겠지요."

김미선은 무엇을 골똘히 생각하는 얼굴로 한동안 고개를 끄덕였다.

"그런데…… 이 동무는 이론도 정연하고, 당사업에도 아주 열성인데 왜 당원이 아니죠?"

김미선이 정색을 하고 물었다.

"갑자기 거 무슨……."

"갑자기가 아니에요. 서울서부터 한 생각이고, 갈수록 의문이 커져요."

"글쎄요……. 전쟁 전까지는 뭐랄까, 민족적 사회주의자 정도에 머물러 있었다고 할까요. 민족을 앞세웠던 건, 어떻든 외세에 의한 민족 분단은 막아야 한다는 의미였고, 계급의 문제는 사회주의에 이미 포함된 것이었으니까요. 그런 상태에서 전쟁이 일어났으니까 선택은 간단했던 거죠."

"그랬군요. 이제 입당할 의사 없으세요? 제가 추천인이 되어 드릴게요."

김미선은 이학송을 응시했다. 이학송은 그 호의가 고마웠다. 입당 추천이란 함부로 하는 것이 아닌 책임 문제였고, 당원과 비당원의 차이를 잘 알기 때문이었다.

"고맙습니다. 차차 생각하도록 하지요."

"혹시, 제가 여자라서 마음에 걸리시면 이원조 동지께 부탁드릴 수도 있어요."

김미선이 재빨리 말했다.

"아닙니다, 그런 뜻이 아닙니다. 마음을 정하면 내가 먼저 부탁드리기로 하죠."

이학송은 그녀를 바라보며 조용히 웃었다.

"오래 쉬었으니 또 걸어 봅시다."

그들이 양강에 다다랐을 때, 적이 쫓아오고 있다는 소문이 앞질러 와 있었다. 그들은 걸음을 서둘렀다. 양강을 떠나 20리쯤 갔을 때, 적들이 양강에 밀어닥쳤다는 소식이 뒤따라왔고, 풍장을 지나서 10리 남짓 갔는데 또 적들이 풍장에 들이닥쳤다는 소식이 따라왔다. 사생결단 걸을 수밖에 없었다.

한참 외길을 걷고 있는데 이상한 소리가 들려왔다. 자동차 엔진

소리였다.

사람들은 뛰기 시작했다. 곧 오른쪽에 비탈이 나타났다. 사람들은 그 비탈을 기어올랐다.

"힘내요, 살 수 있게 됐어요."

이학송은 헐떡거리는 김미선의 등을 밀었다.

이학송은 산비탈에 다다르자 김미선의 팔을 덥석 잡았다. 그리고 비탈을 치올랐다. 박 영감이 뒤에서 김미선을 밀었다. 먼저 비탈을 오른 사람들은 모습이 보이지 않았다. 나무 많고 풀 많은 산이 그들을 감쪽같이 감추어 준 것이었다. 이학송은 김미선의 손을 잡은 채 원시림 속으로 뛰었다.

길 쪽에서 자동차 경적과 총소리와 사람들의 비명이 뒤범벅되어 들려왔다. 이학송은 풀숲에 엎드린 채 숨을 헉헉거리며, 이대로 끝나고 마는 것인가! 하고 절망을 씹었다. 적이 국경까지 와 버리다니, 그는 가슴 무너져 내리는 허탈에 빠져들었다.

시계를 들여다보았다. 오후 1시가 되어 가고 있었다. 적들은 오늘 안에 초산에 도착할 것이었다. 이제 우리는 어디로 가야 하나……. 이 막막한 물음을 길 쪽에서 울려오는 차량의 소음들이 뭉개고 있었다.

길 쪽에 인적이 완전히 끊기자 숨었던 사람들이 여기저기서 모습을 드러냈다. 그동안 일반인들과 섞여 걸었던 군인들이 앞으로 나섰다. 군인들은 민첩하게 움직여 열 사람씩 조를 짰다. 그리고 군인 하나가 한 조를 이끌며 조심스럽게 산을 내려갔다.

초산으로 갈 수 없게 된 대열은 위원 쪽으로 빠졌다. 누군가의 입에서, 위원에서 배로 사람들을 만주로 실어 나르고 있다는 말이 퍼졌다.

군인들이 이끄는 대열은 잠시의 쉴 틈도 없이 빨리 움직여 위원에 다다랐다. 위원은 적막했다. 타지에서 몰려든 사람들만 우왕좌왕할 뿐 시가지는 텅 비어 있었다. 시가지의 적막처럼 압록강이 소리 없이 흐르고 있었다.

국경선, 북쪽 땅의 끝―. 이학송은 압록강을 바라보고 서 있었다. 백두산에서 시작해 서쪽으로 700리를 흘러내리는 강, 단순한 물길이 아니라 한반도의 수만 년 세월과 역사를 간직하고 있는 강, 이 강 앞에 이런 암담한 심정으로 설 줄은 몰랐다.

이학송은 강가로 뚜벅뚜벅 걸어갔다. 김미선과 박 영감도 뒤따랐다. 이학송은 손을 물에 담갔다. 물빛만큼 차가운 냉기가 심장을 찔렀다. 손을 씻었다. 그리고 두 손을 모아 바가지를 만들어 더는 마실 수 없을 때까지 물을 마셨다. 김미선과 박 영감도 아무 말 없이 이학송처럼 했다.

"갑시다, 이제."

이학송이 돌아섰다.

　그들이 찾아간 곳은 경비 사령부였다. 그러나 수십 명의 사람들이 웅성거리고 있을 뿐 마지막 배는 이미 떠난 뒤였다. 강 건너를 바라보며 사람들은 발을 굴렀고, 어떤 여자는 통곡을 하기도 했다.

　"여기서 100리만 가면 다리가 있으니 빨리 그리로 가시오! 국방군은 오늘 저녁 안으로 여길 쳐들어옵니다!"

　군관이 외치고 다녔다.

그들은 해가 기울고 있는 압록강 변의 길을 따라 다시 걷기 시작했다. 50여 리를 걸었을 때 어둠 속에서 방어선을 치고 있는 군인들을 만났다.

"만포까진 얼마나 남았나요?"

김미선이 반가워하며 한 군인에게 물었다. 그런데 그 군인은 김미선을 멀뚱하게 바라보다가 슬그머니 돌아섰다.

"참 이상한 사람이에요."

무안해진 김미선이 신경질을 부렸다.

"이 형편에 군인도 아무 말도 하고 싶지 않은 거요. 그 심정을 이해하도록 하시오."

이학송의 말이었다.

방어선을 구축하고 있는 군인들을 서너 곳에서 더 만났다. 그러나 더 말을 걸지 않고 그냥 지나쳤다.

그런데, 다시 한 군데를 막 지나쳤을 때였다.

"아니, 잠깐!"

이학송이 걸음을 우뚝 세웠다.

"김 동무, 저 소리는 분명 중국 말이지요?"

이학송의 낮고 빠른 말이었다. 어둠 속에서 웅얼웅얼 말소리가 들리고 있었다.

"맞아요, 중국 말이에요."

김미선은 처음의 군인이 왜 멀뚱히 쳐다보기만 하고 돌아섰는지 깨달았다.

"마침내 중국이 참전한 겁니다."

어둠 속에서 이학송이 말했다.

"이 동무 예상이 적중했어요. 이제 희망이 있군요."

김미선의 목소리가 떨렸다.

만포를 10리 앞둔 별오리에 도착했다. 별오리에는 강 건너 지안까지 연결된 다리가 놓여 있었다. 그러나 그 다리는 통행금지였다. 내무서를 찾아갔다. 만포에 군당부가 있으니 그리 가라고 내무서원이 알려 주었다.

만포 10리 길은 더디고 지루했다. 좁은 신작로에 중국군들의 행렬이 그들의 반대 방향으로 계속 이어지고 있었던 것이다. 군인들에게 길을 내주고 가장자리를 타고 걷다 보면 어느 길목에서는 한참씩 걸음을 멈추어야 했다.

위원과 달리 만포는 사람들로 넘쳤다. 시가지 사방에는 젊은이들을 소집하는 군사동원부의 벽보가 붙어 있었다. 이학송 일행은 로동신문사 연락소를 찾아갔다. 연락소 앞에 뜻밖에도 순천에서 헤어진 김주갑 기자가 서 있었다. 그들은 서로 얼싸안았다.

"지금 《해방일보》 일행을 기다리느라고 일부러 나와 있는 겁니다. 어서 안으로 들어갑시다."

안으로 들어간 그들은 또 한 사람과 감격을 나누었다.

"이 선생님!"

김미선이 제일 먼저 목메는 외침을 끌며 내달았다.

"아아, 김 동무! 어서 오시오."

두 팔을 활짝 벌리고 이쪽으로 오는 사람은 이원조였다.

27

똥 냄새, 김치 냄새의 나라

"이 양키 새끼들아!"

김범우가 발버둥 치며 외치다가 야전침대에서 굴러떨어졌다. 온몸이 땀에 젖어 있었다. 방 안은 아직 어두웠다. 그는 이마의 땀을 손바닥으로 훔쳤다. 평양에 온 뒤로 비슷한 꿈을 거의 매일 밤 꾸었다. "넌 전쟁이 그렇게 무서우냐? 네가 악몽에 시달리며 외치는 소리가 내 방까지 들린다." 심슨의 말이었다. 조금 전 꿈에서 자신이 죽어 가면서 외친 소리도 그놈이 들었을지 모른다 싶었다. 그 총을 쏜 놈이 바로 심슨과 암스트롱이었다.

김범우는 그들이 자신을 전적으로 믿고 있지는 않다는 사실을 알고 있었다. 그는 감정을 드러내지 않으려고 애썼지만 저도 모르게 불쑥불쑥 드러나고는 했다. 그럴 때마다 웃음으로 얼버무리곤 했지만 정보를 다루는 그들의 눈치 그물에 걸리지 않았다고 장담할 수 없었다.

그들과 보내는 나날은 괴롭고 고역스러웠다. 통역이라는 일이 주는 고통은 말할 것도 없고, 인종적 우월감과 국가적 자만심에서 나오는 그들의 언행은 견디기 어려웠다. 인디언을 잔인하게 살육해 가며 미국이라는 나라를 세우고, 수많은 흑인을 잡아다가 노예로 혹독하게 부려 나라의 경제 기반을 구축해서 강국이 된 그들은 자기들의 죄악으로 가득 찬 역사를 반성하기는커녕 오히려 유색인종에 대해 끝없는 우월감을 갖는 동시에 강대국 국민이라는 자만심에 도취되어 있었다. 하지만 인디언의 입장에서 보면 그들은 침략자이면서 학살자였고, 흑인의 입장에서 보면 그들은 강도이면서 착취자였다. 그런 그들에게 한반도는 그들의 국가적 자만심과 인종적 우월감을 충족시키기에 더없이 좋은 무대였다.

"역시 한국에서 쓸 만한 건 여자들뿐이야. 예쁘장한 여자들을 빼면 너무 야만적이라서 정나미가 떨어져."

심슨이 콧등을 찡그리며 지껄인 말이었다.

"맞아, 한국 여자들은 아주 근사해. 흐흐흐흐……."

암스트롱의 흐물거리는 맞장구였다.

"그런데 한국인들 미개한 건 알아줘야 해. 변소 좀 봐. 구더기가 드글드글한 게, 우엑!"

"변소는 아무것도 아냐. 그 똥으로 농사를 짓는단 말야. 논가에 있는 커다란 똥구덩이 봤잖아? 이들은 똥을 먹고 자란 쌀을 먹고, 오줌을 먹고 자란 채소를 먹는 야만인이야. 이 나라에선 우리가 먹을 게 아무것도 없어."

"맞아, 이 나라는 똥 냄새와 김치 냄새로 범벅이 된 나라야. 똥냄새도 지독하지만, 그 김치 냄새! 그 썩는 냄새 나는 걸 먹고 살다니, 정말 야만인은 야만인이야."

"일본에서 들은 말이 하나도 틀리지 않아. 뭐랬지? 무지하고, 더럽고, 게으르고,……."

"거짓말 잘하고, 도둑질 잘하고, 그다음에……. 응 그렇지, 무질서하지."

"야만인의 조건은 고루 갖춘 셈이지."

김범우는 도저히 더는 참을 수가 없었다. 심슨과 암스트롱은 황인종인 자신의 존재는 아예 무시해 버린 채 맘껏 지껄이고 있었다. 일본 놈들이 가르쳐 주었다는 그 악선전은 도저히 참아 낼 수 없었다. 그것은 일본 놈들만 지껄여 댄 소리가 아니라 황국신민·내선일체를 부르짖은 소설가 이광수라는 자가 뻔질나게 글로써 댄 내용이었다. 민족 계몽이라는 미명을 내걸고 그는 악의적으로 민족을 비하했고, 일본 놈들은 우리와 정반대라고 칭송했다. 그리하여 일본 놈들이 우리 민족을 더욱더 맘 놓고 멸시하고 짓밟을 수 있는 근거를 제공했다. 그리고 그 사실을 일본 놈들이 끝없이 되풀이해서 말함으로써 그렇지 않아도 기죽고 주눅 든 조선인들의 의식 속에 자기를 비하하는 생각이 뿌리박히게 했다. 그것은 민족적 패배감과 민족의식 분열을 초래했다. 더구나 친일 분자들까지 '역시 조선 놈들은 어쩔 수 없다니까.' 하는 식의 말을 거리낌 없이 해 댐으로써 자기 비하는 사회적 고정관념이 되어 갔다. 이광수는 거기서 그치지 않고, 조선인 젊은이가 일본 놈 집안의 가정교사로 들어가는 소설을 쓰면서 일본 놈 집안을 그리는데, 일본인들은 가족끼리도 예절을 빈틈없이 갖추고, 큰 소리로 떠드는 일 없이 늘 정숙하며, 집 안은 항상 깨끗하고, 부모가 자식들을 나무랄 때도 품격을 지키고, 온 식구들이 기상과 취침 시간을 잘 지키고, 음식은 위생적이고 영양가가 있을 뿐만 아니라, 어린아이들도 예의 바른 친절을 잊지 않는다고 강조했다. 이광수는 또, 일본 여자는 '얼굴'이라고 쓰고, 조선 여자는 '낯바닥'이라고 구분해서 쓸 정도로 열렬한 친일을 솔선수범했다. 그런데 해방이 되고 친일파를 처단해야 한다는 여론이 높아지자 그는 '아직 독립도 되기 전인 미 군정하에서 어떻게 친일파 숙청을 하느냐. 정부가 선 다음에 논의될 문제'라고 반대하는 글을 썼다. 그러더니 대한민국 정부가 수립되고 국회에서 정식으로 반민법 제정이 논의되니까 '해방된 지 4년이나 흘렀는데 뒤늦게 무슨 친일파 숙청이냐.'는 글을 썼다. 그리고 '아주 피와 살과 뼈가 일본인이 되어버려야' 조선인이 영생하는 유일한 길이라는 글을 쓴 사람이, 반민특위에 잡혀가서는 '나는 민족을 위해 친일했소.'라고 했다. '저는 천황 폐하의 적자입니다.'라며 눈물을 줄줄 흘렸다는 그는, 단독정부 수립에 앞서 '7월 17일 헌법 공포식/중계방송 듣고 흘린 감격의 눈물로 먹을 갈아/사는 날까지 조국 찬양의 노래를 쓰련다/그리고 독립국 자유민으로 눈감으련다.'라는 시를 썼다. 그런 이광수의 망령이 일본 놈들이 아닌 미국 놈들을 통해 또 나타나는 것을 김범우는 견딜 수 없었다.

김범우는 감정을 드러내지 않기로 단단히 작정했으므로 웃음을 띠며 부드럽게 말했다.

"난 너희들이 우리 민족에 대해 잘못된 편견을 가지고 있다고 해도 별로 신경 쓰진 않는다. 그러나 너희들이 일단 우리 땅에 온 이상 우리 민족에 대해 알려면 똑바로 알아야 한다는 말은 해 두고 싶다. 너희들이 일본에서 들은 말은 다 일본 놈들이 악의적으로 조작한 모략이라는 걸 알아야 해. 우리 민족이 절대 만만한 상대가 아니라는 건 일본 놈들이 누구보다 잘 알고 있어. 우리가 얼마나 끈질기게 저항하고, 얼마나 지속적으로 투쟁했는지 그놈들은 직접 경험했으니까. 그런데 왜 그놈들이 너희들한테 거짓말을 했을까? 그건 너희들이 자기네를 대신해서 우릴 맘 놓고 짓밟아 주기를 바라는 거지. 그리고 그렇게 해서 너희들이 이 땅에서 실패하기를 바라는 거야. 정보원인 너희들이 일본 놈들의 교활한 책략을 간파하지 못하고 그놈들의 거짓말을 그대로 믿는다면, 손해는 결국 너희한테 돌아갈 수밖에 없어."

"거짓말이라니! 우리가 그동안 확인해 보니까 그것은 모두 사실이었어."

암스트롱이 퉁명스럽게 내쏘았다.

"손해라니? 우리가 도대체 무슨 손해를 본다는 거냐?"

심슨은 생김새대로 예민한 반응을 보였다.

"심슨 말부터 대답하지. 너희가 우리와 다른 건, 너희는 민족이 없고 우리는 민족이 있다는 점이다. 너희들은 여러 인종들이 모여들어 국가를 만들었고, 우리는 하나라는 민족의 토대 위에서 국가를 만들었지. 그 차이가 뭐냐 하면, 너희들은 국가조직이 깨지면 산산이 흩어지게 돼 있어. 만약 너희가 식민지 지배를 받게 되어 미국이란 나라가 해체되면, 미국은 다시는 생겨날 수 없어. 왜냐하면 너희는 또 다른 국가조직으로 재편성해서 살아가면 그만이니까. 그러나 우리는 국가라는 조직이 없어져도 민족이란 조직으로 한 덩어리를 이루어 절대 흩어지지 않아. 그 좋은 예가 바로 일본 식민지 치하를 끈질기게 투쟁하며 견딘 거지. 일본이

100이나 200년을 지배했어도 마찬가지야. 왜냐하면 우리 민족은 5천 년을 살아온 역사 전통이 있기 때문이지. 너희가 생각을 고쳐먹지 않고, 아까 말하는 식으로 우릴 대했다간 너희들은 결국 배척당하고 말게 된다 그 말이야. 왜냐하면 너희들의 언행은 모두가 우리 민족의 자존과 긍지를 짓밟는 것인데, 우리 민족은 결코 그런 행위를 용납하지 않아. 너희는 코웃음 칠지도 모르지, 너희들한테 무슨 자존심이나 긍지가 있느냐고. 간단하게 말하지. 우리에겐 고유한 말이 있고, 고유한 문자가 있어. 따라서 우리만의 문화 전통이 있고, 우리만의 생활 풍습이 있지. 그런 것들이 모아져 우리 민족의 결속력을 만들어 내는 거야. 그걸 너희들이 무시하고 훼손한다면 가만히 있겠는지 생각해 봐. 이번 전쟁도 너희는 이데올로기 전쟁이라고만 생각하는데, 그건 한 면만 보는 거야. 우린 이데올로기보다는 민족 통일을 더 중시한다는 걸 알아야 해.”

김범우는 말을 하는 동안 감정이 올라오려는 것을 몇 번이고 자제했다.

“하아, 5천 년의 역사를 가진 민족의 긍지가 똥으로 농사를 짓는 거냐?”

암스트롱이 코웃음을 날렸다.

“똥으로 농사를 지어도 쌀에는 똥 성분이 하나도 없다는 걸 알아야 해. 그리고 똥으로 농사를 짓는 걸 야만이라고 생각하는 게 잘못이야. 인간은 자기가 먹은 음식의 영양가를 30퍼센트 정도밖에 흡수하지 못하고 배설해 버린다는 건 상식이야. 나머지 70퍼센트의 영양을 농사의 비료로 사용하는 건 더없이 과학적이고 현명한 일이지. 그런데 그 똥을 바로 쓰는 게 아니라, 아까 너희들이 말한 대로 논가에 똥구덩이를 만들어 거기에 똥을 채워 놓고, 발효시키는 과정을 거치지. 그 때문에 비료가 논에 들어갈 때는 똥 성분은 거의 없어지고, 벼에 필요한 영양분만 남게 되는 거지. 그 똥 비료는 화학비료에 비해 그 효과가 절대로 뒤지지 않아. 이것이 어째서 야만인지 난 도무지 이해할 수가 없구나."

김범우는 씁쓰레하게 웃었다.

"넌 언제나 말을 그럴듯하게 잘 꾸며 대는 궤변론잔데, 어쨌든 너희가 우리보다 과학이 발달하지 못하고, 비위생적이고, 가난한 건 사실이야. 그래서 자력으로 적을 막아 낼 수 없으니까 우리가 도와주러 와서 이 고생 아니냔 말야. 그런데 너희는 날마다 군수품이나 도둑질하고 있어. 내 말이 거짓말인지 당장 부산에 가 봐!"

심슨이 눈을 부라리며 공박했다. 김범우는 이쯤에서 말을 끝내야 한다고 생각했다. 언제나 정치 문제로 이야기가 번지면 입을 다물어야 했다. 그들은 자기네가 독립을 시켜 주었고, 정부를 세위 주었으며, 또 공산 침략에서 보호해 주기 위해 희생하고 있다고 철석같이 믿고 있었다. 해방에서 시작되는 그 복잡한 정치 문제를 이야기하자면 끝이 없는 일이었고, 이야기를 한다 해도 그들은 끝내 자기네 나라의 잘못을 이해하거나 납득하지 않을 것이었다. 그들과의 사이에는 건너지 못할 강이 가로놓여 있었다. 이 새끼야, 너희하고 소련이 우릴 갈라놓지만 않았다면 군수품 따월 훔칠 일도 생기지 않았어. 우리가 네놈들한테 입은 피해에 비하면 그따위 군수품 좀 훔치는 게 뭐 어떻다는 거냐. 몇몇 모리배 놈들의 배를 채우게 되는 게 문제일 뿐이지.

"됐어, 그만 하자. 서로 피곤한 일이니까."

김범우는 호의적인 웃음을 지어 보이며 자리를 털고 일어섰다.

"넌 언제나 네 말만 하고 정작 토론이 본격적으로 시작되려고 하면 얘기를 끝내 버리는 못된 버릇이 있어."

심슨이 의심쩍은 눈으로 쏘아보며 말했다.

"미안하군. 야만인이라서 그래."

김범우는 픽 웃었고, 심슨은 그동안 익힌 어설픈 국산 욕을 내뱉었다.

"시발노마!"

날이 밝아 오고 있었다. 김범우는 다시 잠들지 못하고 아침을 맞았다.

"헤이 킴, 빨리 일어나. 이동이다!"

윌리엄스의 다급한 목소리와 함께 방문이 거칠게 흔들렸다.

김범우는 개인장비를 꾸린 다음 아침 식사를 했다.

"갑자기 어디로 이동입니까?"

암스트롱이 마땅찮은 듯 물었다.

"북쪽으로."

윌리엄스가 뚝뚝하게 대꾸했다.

"무슨 일인지 알면 안 됩니까?"

심슨이 눈을 치켜뜨며 물었다.

"며칠 전부터 상부에서 신경을 써 온 문젠데, 중공군의 참전 여부를 신속히 알아내야 하게 생겼어."

"중공군이 참전을 해요?" 암스트롱이 놀라 소리쳤고 "그걸 알아내려면 북쪽으로 이동하긴 해야겠군요." 심슨은 눈을 깜박거리며 "정말 참전하면 어떻게 되는 거지요?"라며 심각한 표정으로 물었다.

"그야 곤란하지. 다 이긴 전쟁을 다시 시작해야 하니까. 겨울은 닥치고, 골치 아프게 생겼어."

윌리엄스가 '갓뎀'을 '아멘' 소리처럼 낮게 흘렸다.

김범우는 고깃덩이만 입에다 몰아넣었다. 이 새끼들 똥은 우리 똥보다 훨씬 영양이 많을 거야. 하지만 동물성이니까 식물의 비료로는 안 맞을지도 모르겠군. 그는 짐짓 엉뚱한 생각을 끌어당기고 있었다.

그들은 하루하루 심해지는 추위보다 바람을 더 싫어했다. 좀 더 정확하게 말해서 그들이 싫어하는 건 바람이 아니라 바람 소리였다. 거칠게 몰아치는 바람은 살갗을 후벼 파는 듯한 추위를 내쏘고 있었다. 그러나 그건 참아 내면 되었다. 그런데 바람이 산을 휩쓸면서 일으키는 그 괴상한 소리는 어쩔 방법이 없었다. 그 해괴망측한 바람 소리는 청각을 완전히 혼란에 빠뜨렸다. 그들은 순전히 바람 소리 때문에 자신들이 당했다고 생각했다. 그것도 한 번이 아니고 두 번이나.

"아따, 십일월에 벌써 이러믄 일이월은 우예 사노. 내사 요런 지독스런 추위는 생전 첨이네."

김 하사가 건빵을 우물거리며 몸서리를 쳤다.

"우리 군대가 거지반 남쪽 사람잉께, 다들 첨 당허는 추위 아니겠능가?"

허 하사가 대검을 총 끝에 고쳐 꽂으며 말했다.

"추위는 지독스럽고, 압록강에 빠져 죽은 줄 알았던 괴뢰군 놈들이 되치고 나오는 판에 우리 군대는 우짤라는고?"

"백두산 영봉에 태극기 꽂을 일만 남었는갑다 혔는디, 벼락치기로 두 번이나 당허면서 뒤로 밀리고 봉께, 맘이 영 지랄 같단 께로."

"니 말대로 다 이긴 줄 알았다가 갑작시리 당해서 얼마나 식겁 했노. 헌데 그리 쎄 빠지게 삼십육계 놓던 괴뢰군들이 우짠 일로 그리 용감해졌노?"

"아, 쥐도 앞이 막히면 괭이헌테 덤빈다는 말 안 있드라고? 괴 뢰군들도 막판을 그냥 넘기겄어?"

"맞다 아이가. 괴뢰군들이 그리 나오면 얼마나 셀랑고?"

"붙어 봐야 알 것 아니겄어? 맘으로야 적이 약허기를 바라제만."

"거 허나 마나 한 소리고, 기분이 영 찜찜한 기라."

"제길, 날은 춥제, 적은 덤비제, 기분 찜찜 안 헌 사람 하나도 없 을 것잉만. 좌우간 싸워서 이길 생각만 허드라고."

허 하사가 눈을 감았다. 경계 근무 교대가 오기 전에 잠깐이라 도 눈을 붙이려는 것이었다.

현오봉은 어둠 속을 응시하고 있었다. 적들은 두 번 다 야간 기 습을 해 왔다. 적들의 최후 반격이 있으리라는 것도, 야간 작전을 펼 것이라는 점도 이미 예상했던 바였다. 그러나 예상에서 빗나 간 게 세 가지였다. 반격 시기가 의외로 빨랐고, 포위 작전을 감행 할 정도로 수가 많았으며, 그 많은 병력 이동에 감쪽같이 속은 점이었다. 어이없게도 연대는 일단 뒤로 물러날 수밖에 없었다.

그런데 적은 다음 날 밤에 다시 기습해 왔다. 연대는 다시 뒤로 밀리면서 초긴장 상태가 되었다. 사병들은 그동안의 긴 북진에 지쳐 있기도 했고, 저항이 미약한 전진에 정신이 해이해져 있기도 했다. 후퇴 불허, 조속히 원상회복하라는 명령이 떨어졌다. 중대마다 정찰조가 강화되었고, 소대마다 후퇴 없는 반격을 위해 참호를 구축했다. 그러나 적은 하룻밤을 그냥 넘기더니, 이틀 밤 자정이 넘어가는데도 아무 움직임이 없었다. 그런데 문제는 정찰조를 띄웠지만 적의 흔적을 찾아내지 못했다는 점이었다. 적이 다른 부대를 공격하기 위해 이동했거나, 정찰조들이 정찰을 잘못했거나, 둘 중의 하나였다. 막바지에 몰린 적들이 기동성을 살려 여러 부대를 상대로 기습 작전을 할 수도 있었다. 그러나 그건 추측일 뿐 확실한 정보에 따른 적의 위치, 동태 파악이 안 된 상태로 전진할 수는 없었다. 연대에서는 그 판단을 내리지 못해 계속적인 전투태세를 명령했다.

현오봉은 낙동강 전선 때를 생각했다. 그때는 소위 계급장만 달았지 전쟁에 대한 공포에서 헤어날 수 없었다. 시체 썩는 냄새에 속이 뒤집혀 밥을 먹지 못하면서 자신의 큰 허우대가 점점 졸아드는 착각을 떼칠 수 없었다. 그러던 그가 이제는 시체 썩는 냄새에도 둔감해졌고, 선혈이 솟구치는 것도 예사로 보아 넘기게 되었다. 그러면서 소대장으로서의 체모도 의젓하게 갖추었다고 생각했다. 그런 자신감과 아울러 그는 미군의 막강한 화력을 굳게 믿었다. 낙동강 전선에서 미군의 위력을 직접 경험한 그로서는 미군이 있는 한 적들의 최후의 발악쯤은 쉽게 쓸어버릴 수 있다고 믿었다.

"소대장님, 교대하시지요."

낮은 목소리에 현오봉이 고개를 돌렸다. 선임하사가 손바닥으로 얼굴을 훔치고 있었다.

"벌써 시간이 됐소?"

현오봉은 소매 끝을 밀어 올리고 시계를 보았다. 야광 바늘은 12시 10분쯤을 가리키고 있었다.

"더 자시오. 아직 50분이 남았소."

"제가 지금부터 지킬 테니 주무십시오. 지금까지 아무 이상 없는 걸 보면 오늘 밤도 그냥 넘기지 않겠습니까?"

선임하사가 선하품을 했다.

"적들은 바로 그 방심을 노릴 수도 있소."

선임하사는 찔끔했다. 계급장이 좋기는 좋아. 저게 인제 제법 계급장 값을 한다니까. 그는 입맛을 쩝쩝 다셨다.

"이거 원, 북청 추위가 오줌발을 고드름으로 만든다는 말은 들었지만 이렇게 추운 줄은 몰랐습니다. 이렇게 추워지면 작전에도 문제가 생기지 않겠습니까?"

선임하사가 부르르 어깨를 떨었다.

"춥기는 서로가 매일반이오."

현오봉의 무표정한 대꾸였다.

"적들이야 단련된 추위지만 우리 쪽이야 거의가 첨 당하는 추위 아니겠습니까?"

"그렇기는 하오만, 추위는 견디면 그뿐이오. 전쟁은 화력이니까."

현오봉의 눈길은 어둠의 지점, 지점을 옮겨 가고 있었다.

삐이, 삐이, 삐이.

바로 옆의 무전기가 울었다. 현오봉의 손이 무전병의 손보다 빠르게 송수화기를 잡았다.

"여기는 독수리, 까마귀 나오라, 오바."

"여기는 까마귀, 여기는 까마귀."

"나 중대장이다. 전방에 적정이 나타났다, 전원 전투 준비! 오늘 밤은 완전 박살이다, 알겠나?"

"알겠습니다!"

"수고하게, 오바!"

"수고하십시오, 오바."

현오봉은 송수화기를 건네주며 선임하사에게 말했다.

"적이다, 전원 전투 준비!"

"옛 알겠습니다."

선임하사가 들고 있던 철모를 눌러쓰며 돌아섰다.

오늘 밤은 제대로 한판 붙겠군. 기습을 탐지해 낸 걸 보니 정찰조가 배치돼 있었군. 적은 또 기습인 줄 알겠지만 탐지된 기습은 기습이 아니다. 어디, 한판 붙어 보자. 현오봉은 철모의 턱끈을 조였다.

"준비 완료했습니다."

선임하사가 보고했다. 소대원들이 각자 위치를 찾아 전투태세를 갖추었다.

"모두 들어라. 오늘 밤은 절대 후퇴가 없다. 원상회복을 위한 전투다. 전원 각오하도록!"

현오봉의 목소리엔 힘이 있었다.

현오봉은 전방의 어둠 속을 응시했다. 바람 소리에 인기척이 섞이는 것 같았다. 그리고 그 인기척이 차츰 확실해지면서 어둠 속을 움직이는 물체들이 포착되었다. 현오봉은 팔을 들었다. 분대장들에게 보내는 사격 준비 신호였다.

전방의 그림자들은 빠른 움직임으로 가까워지고 있었다. 현오봉이 치켜들고 있던 팔을 내리며 사격 명령을 내리려 할 때, 좌측 3소대 쪽에서 총소리가 터졌다.

"사겨억 개시!"

현오봉은 팔로 허공을 내리치며 외쳤다. 총들이 다투어 불꽃을 물었다. 적진에서도 응사를 시작했다.

"낮게 갈겨라, 낮게!"

허리를 굽힌 그는 부하들 뒤를 재빠르게 오가며 명령했다. 그때 조명탄이 불꽃을 터뜨렸다.

"조명탄 사수, 발사하라!"

현오봉은 숨 가쁘게 명령했다.

어두운 하늘에 조명탄들이 잇따라 터져 오르고, 그 희푸름한 불빛들이 퍼지며 어둠이 밀려났다. 그 불빛 아래 적들의 모습이 드러났다. 산개한 적들은 50미터 전방까지 접근해 있었는데, 조명탄도 아랑곳하지 않고 낮은 자세로 계속 전진해 왔다.

"적을 보면서 낮게 사격하라! 총구를 낮추라니까!"

현오봉이 소리쳤고, 선임하사가 반대쪽으로 가며 복창했다.

쓰러지는 적들이 가끔 보였다. 그런데도 적들은 똑같은 자세로 전진해 왔다. 적들의 수는 생각보다 많지 않았다. 그래, 조금만 더 오너라. 몰살시켜 줄 테니까. 현오봉은 수류탄을 집어 들며 외쳤다.

"각 분대 홀수 번호, 수류탄 투척 준비!"

사병들이 한 사람 건너씩 총을 옆에 세우고 수류탄을 들었다. 적들은 무모하게도 수류탄 투척 거리 안으로 들어섰다. 저것들이 겁도 없이 돌격하겠다 그거지. 현오봉은 침을 꿀떡 삼키고는 외

쳤다.

"수류타안, 투척!"

한꺼번에 날아간 수류탄들이 수많은 불꽃을 흩뿌리며 폭음을 일으켰다. 적들의 몸뚱이가 날아오르는 모습이 똑똑히 보였다. 적들이 소리를 지르며 돌아서서 뛰기 시작했다. 갈팡질팡 달아나는 적들의 모습이 사위어 드는 조명탄 불빛 속에서 멀어지고 있었다.

"사겨억 중지!"

현오봉은 느릿하게 명령하며 시계를 보았다. 15분 정도 지나 있었다.

"이거 너무 싱겁잖아요? 어린애 장난도 아니고."

선임하사가 철모를 벗으며 싱긋 웃었다.

"숫자도 전보다 적고, 좀 이상하긴 하오."

현오봉은 턱끈을 풀며 마주 웃었다.

다시 사방은 어둠으로 찼다. 언제 싸웠나 싶게 어둠 속 여기저기서 코 고는 소리가 들렸다. 현오봉도 선임하사와 교대를 하고 구석에 웅크리고 앉으며 담요를 뒤집어썼다.

"소대장님, 소대장님! 적입니다, 적!"

선임하사가 거칠게 흔들었고, 현오봉은 팅겨 일어섰다. 벌써 조명탄이 터져 오르고 있었다.

"조명탄 발사!"

현오봉은 철모를 쓰며 소리쳤다.

"아니, 저게 뭐야?"

현오봉은 전방을 바라보며 휘둥그렇게 뜬 눈을 껌벅였다. 적의 수가 아까보다 배 이상 많아 보였다.

"소대장님, 이상합니다. 적이 훨씬 많아졌습니다."

선임하사가 쫓아왔다.

"맞소. 적이 불어난 게 틀림없소."

"참 희한한 일이군요. 이런 일은 생전 처음 봅니다."

선임하사가 고개를 갸웃갸웃했다. 그때 무전기가 울었다.

"적이 배 이상 늘어났다. 부하들 동요하지 않게 지휘 잘하도록."

중대장의 말이었다.

"전 소대원 들어라. 적들의 수가 불어났다. 그러나 걱정할 건 없다. 아까처럼 정위치 고수하면서 침착하게 명령만 따르면 된다. 알겠나!"

"네엣!"

"좋아, 소대원 사격억 준비!"

처음보다 훨씬 치열한 전투가 벌어졌다. 40여 분을 끌어 적을 물리쳤다. 그러고 나서 20여 분이 지났을까. 적들이 또 공격해 왔다. 그런데 그 수가 또 배로 늘어나 있었다. 현오봉은 당황했고,

사병들은 동요했다. 늘어나는 적들의 수도 혼란스러웠지만, 두 차례의 방어로 화력마저 거의 소모되어 있었다.

"동요를 막아라. 저건 기만술일 뿐이다."

중대장의 당황스런 외침이었다.

전투는 더 치열해졌고, 한 시간이 넘게 싸워 적들을 가까스로 밀어냈다. 그러나 전투는 그것으로 끝이 아니었다. 적들은 다시 몰려왔는데, 적들은 또 배로 불어 있었다.

"세상에 이럴 수가 있나⋯⋯."

이미 조명탄은 바닥났고, 희부유스름하게 깨어나는 어둠을 헤치며 몰려오는 수많은 적들을 멍하니 바라보며 현오봉은 헛소리하듯 중얼거렸다. 마치 무엇에 홀려 헛것을 보고 있는 기분이었다. 적들의 그런 공격법은 이쪽의 화력을 모두 소모시키고, 심리적 교란까지 일으키게 하는 전술임을 그는 뒤늦게 깨달았다. 그 전술에 말려들지 않으려면 화력을 아꼈어야 했다. 그러나 때는 이미 늦어 있었다.

"사겨억 개시!"

현오봉은 발악적으로 소리 질렀다. 적들은 와와 소리치며 몰려왔고, 앞사람이 쓰러지면 뒷사람이 그 총을 집어 들고 달려왔고 그 사람이 쓰러지면 다시 그 뒷사람이 총을 집어 들었다. 소리소리 지르며 끝도 없이 몰려드는 저것들은 사람이 아니라 무슨 짐

승들이라는 착각에 휘말리며 현오봉은 가슴을 싸잡고 나둥그러졌다. 그리고 자신을 짓밟고 지나가는 무수한 발들을 희미하게 의식했다.

"아부지……."

현오봉의 입에 물린 마지막 소리였다.

현오봉의 연대가 전멸한 이틀 뒤에 UN군 사령관 맥아더가 '중공군의 월경 성명'을 발표했다.

〈제4부 「전쟁과 분단」, 8권에 계속〉

주요 인물 소개
소설에 담긴 역사 용어 정리

김범우

지주이면서도 소작인들의 존경을 받는 김사용의 아들이자 독립운동을
위해 만주로 떠난 김범준의 동생. 공산주의자 염상진과 신분의 차이를
넘어 형 동생 사이로 지내기도 했으나, 이념보다는 민족을 중요시하며
좌익과 우익 어느 쪽도 선택하지 않고 교육을 통해 사회 변화를 이끌고
자 한다.

김범준

김사용의 큰아들이자 김범우의 형으로, 일제강점기에 독립운동을 하다
행방불명된 인물. 그 용맹한 행적을 기리고 흠모한 많은 사람들은 오랜
시간 그가 돌아오지 않자 만주에서 죽었을 것이라고 짐작한다. 하지만
전쟁이 일어난 후 그는 이전과는 전혀 다른 모습으로 나타난다.

정하섭

술도가 집 정 사장의 아들로 중학 시절부터 좌익 서클을 주도한 인물.
김범우와 염상진 모두와 인연이 있으나 결국 염상진의 이념을 따르게 되
고, 그의 추천으로 공산당에 입당한다. 빨치산의 자금 조달 등의 임무를
맡고 있으며, 어린 시절 연모했으나 신분의 차이로 멀어질 수밖에 없었
던 무당의 딸 소화와 은밀한 정을 나누게 된다.

하대치

동학 농민 운동에 가담했다가 화전민이 된 집안에서 태어난 소작인 출신 빨치산. 일제강점기에 일본인 지주를 상대로 소작 쟁의를 일으켰다가 징용에 끌려갔다 왔다. 소작회에서 만난 염상진의 사상과 됨됨이에 감화되어 빨치산이 되었다. 기민하고 용감하게 일을 처리하여 동료들의 신임을 받는다.

염상진

벌교, 보성 등지를 근거로 한 빨치산의 투쟁을 총괄하는 대장. 일제강점기에 사범학교를 졸업하고도 일제의 사상을 교육할 수 없다는 신념으로 농사를 지으며 독립운동과 적색 농민 운동을 주도했다. 해방 후 사회주의 운동에 매진하며 공산당원이 되고, 조직을 이끄는 통솔력뿐 아니라 인간적인 면모로 주변의 존경을 받는다.

염상구

염상진의 동생이지만, 형과는 정반대의 길을 걷는 인물. 첫째 아들을 중요하게 여긴 아버지의 의도적인 차별에 불만을 품고 비뚤어진 삶을 살아간다. 일본인 선원을 죽이고 도망쳤다가 해방 후 벌교로 돌아와서는 청년단장 감투를 쓰고 권력에 빌붙어 좌익 행위자 색출과 그 가족들 감시에 열을 올린다.

소화

무당 월녀의 딸로, 내림굿을 받아 무당이 된 비운의 여인. 어릴 적에 비파 두 알을 건네던 소년 정하섭에 대한 애틋한 그리움을 간직하고 살아간다. 빨치산의 신분으로 찾아온 정하섭을 도와주고, 그를 위해 헌신한다.

안창민

대지주의 손자로 염상진과는 사범 학교 선후배 사이. 학창 시절 사회주의를 신봉했지만 졸업 후에는 국민학교 선생이 되어 염상진과는 다른 길을 간다. 하지만 실상은 읍내 지하 조직을 움직이는 보이지 않는 손이었고, 결국에는 붉은 완장을 차고 염상진 무리에 합류한다.

이지숙

셋째 오빠를 통해 사회주의를 접하고 빨치산 세포로 활동하는 인물. 야학 선생으로 위장한 채 빨치산의 지령을 퍼뜨리고, 마을의 일을 은근히 빨치산에게 전하는 일을 한다. 한편으로 안창민에 대한 사랑을 품고 있다.

전명환

벌교에 있는 유일한 병원의 원장. 좌·우익에 상관없이 신념에 따라 병자를 치료한다. 빨치산인 안창민을 치료해 줬다는 이유로 경찰에 붙들려가 고초를 겪기도 하고, 한국전쟁이 일어나서는 우익으로부터 공산주의자로 의심받기도 한다.

서민영

양반이면서 직접 농사를 지으며, 독립운동을 하다 고문을 받아 절름발이가 된 인물. 해방 후 야학을 운영하며 염상진, 안창민, 김범우, 손승호 등에게 사상적으로나 인간적으로 영향을 준다. 약자의 편에 서서 그들을 돕는 일이라면 자신에게 닥칠 고초도 마다하지 않아 읍민들에게 존경을 받는다.

손승호

좌익 활동에 몸담았다가 사상의 변화를 일으키고 전향한 인물. 사회주의를 버렸으나 그렇다고 다른 이념을 선택한 것은 아닌, 사상의 공백 상태에 있다. 보도연맹 가입을 피해 서울로 올라와 친일파 관련 서적을 출판했다가 남로당 프락치로 몰린 뒤로 이전과는 다른 변화를 보인다.

심재모

좌익 척결을 위해 벌교·보성지구 계엄사령관으로 파견된 인물. 학병 출신으로, 평소 지주 노릇이나 친일을 하다 해방 후 지배 계급으로 다시 군림하는 사람들을 경멸한다. 소작인과 지주 사이에서 균형 잡힌 판단을 내리려고 노력하며, 서민영·김범우 등과 우호적인 관계를 유지한다. 하지만 지주들의 이익을 대변하지 않음으로 인해 용공 행위자로 내몰린다.

이학송

신문사 정치부 기자로 김범우, 손승호 등과 교류하는 인물. 한때 사회주의 계열 단체인 문학가동맹에 가입했다는 이유로 빨갱이로 몰려 경찰에 잡혀가 고문을 당하고 강제로 전향서에 도장을 찍게 된다. 이후 공산당 기관지인《해방일보》로 근무지를 옮긴다.

소설에 담긴 역사 용어 정리

빨치산

1945년 해방 이후부터 1955년까지 활동한 공산주의 비정규군을 일컫는 말이다. 원래 러시아어 파르티잔(partizan)이라는 말에서 유래했는데, 이는 노동자나 농민 들로 조직된 비정규군을 뜻하는 유격대와 가까운 의미이다. 하지만 이념 분쟁 과정을 통하여 좌익 계통을 통틀어 비하하고 적대감을 조성하는 용어로 변하였고, 그 결과 '빨갱이'로 바뀌었다. 흔히 조선 인민 유격대라고 부르며, 남부군이나 공비, 공산 게릴라라는 표현도 사용되었다.

신탁 통치

강대국이 독립할 능력이 없는 나라를 국제 연합(UN)의 감독하에 일정 기간 통치해 주는 특수 통치 제도이다. 1945년 12월 모스크바 3국 외상 회의에서 "한국은 정부 수립 능력이 없으므로 5년간 미·영·중·소 4개국이 신탁 통치한다."라는 내용을 결정하였다. 이로 인해 한반도에서는 신탁 통치 반대 운동이 치열하게 전개되었고, 북쪽에서는 처음에 신탁 통치를 반대하다가 나중에 신탁 통치를 찬성하였다.

서북청년단

1946년 11월 30일 설립한 우익 청년 운동 단체이다. 월남한 이북 각 도별 청년 단체인 대한혁신청년회, 북선(北鮮)청년회, 함북청년회, 황해회 청년부, 양호단, 평안청년회 등이 통합하여 대공 투쟁을 능률적으로 수행하고자 설립하였다. 남한에는 아무 연고도 없는 북쪽 청년들을 적극적으로 포섭해 합숙소에서 공동생활을 시키면서 공산주의에 대한 그들의 적대감을 활용해 좌익 공격에 앞장서게 했다.

제주 4·3 사건

1947년 3월 1일을 기점으로 하여 1948년 4월 3일에 발생한 소요 사태 및 1954년 9월 21일까지 제주도에서 발생한 무력 충돌과 진압 과정에서 주민들이 희생당한 사건이다. 국제 연합에서 남한 단독 선거 결정이 내려지자 남한에서는 단독 정부 수립 반대 운동이 전국적으로 벌어지면서 군경과의 유혈 충돌이 발생하였다. 이때 제주도에서 경찰의 발포가 이어졌고 이에 항의하여 주민들이 총파업을 전개하였다. 이후 미 군정청이 경찰과 우익 단체(서북청년회 등)를 동원하여 무력으로 탄압하였다. 이에 맞서 좌익 세력이 무장 봉기를 일으켰고, 일부 지역에서 5·10 총선거를 무산시켰으며 좌익 세력의 유격전이 전개되었다. 그 결과 군경의 초토화 작전으로 많은 수의 무고한 주민이 희생당하였다.

259

대동청년단

1947년 9월 21일에 결성된 한국의 청년 운동 단체이다. 상해 임시 정부의 광복군 총사령관을 지낸 지청천(池靑天)이 당시 32개의 청년 단체들을 통합하여 결성한 청년 단체로, 8·15 광복 뒤의 혼란한 시기에 많은 활약을 하였다. 이들은 막강한 조직을 갖추고 반공 및 단독 정부 수립을 주장한 이승만 노선에 협조하였다. 1948년 대한민국 정부 수립 후 이승만의 명령으로 해산하여 대한청년단에 통합되었다.

남한 단독 정부 수립

국제연합 결의에 따라 1948년 5월 10일, 남한만의 단독 총선거가 치러져, 국회의원이 선출되었다. 이들에 의해 헌법이 제정되고(1948년 7월 17일), 간접 선거를 통해 이승만이 대통령으로 선출되었다. 1948년 8월 15일, 이승만이 건국을 공포함으로써 대한민국이 수립되었다. 남한에서 대한민국이 수립되자 북한에서도 최고 인민 회의 대의원을 선출하고(1948년 8월 25일), 이어 북한 헌법을 채택하였다. 1948년 9월 9일, 북한은 헌법에 정한 대로 김일성을 수상으로 하는 조선 민주주의 인민 공화국 수립을 선포하였다.

반민족행위특별조사위원회

1948년 9월 22일, 대한민국 제헌 국회가 친일파를 처벌할 목적으로 특별법인 반민족행위 처벌법을 제정하고, 그해 10월 22일에 반민족행위특별조사위원회(약칭 '반민특위')를 설치하였다. 반민 특위는 친일파 선정을 위한 예비 조사 후 7천여 명의 친일파 일람표를 작성하고, 그중 전국적으로 알려진 친일파 중 도피를 꾀하는 자 체포를 우선시하였다. 그러나 친일 세력과 이승만 대통령의 비협조와 방해로 반민특위의 활동은 성과를 거두지 못하였다. 오히려 친일 세력에게 면죄부를 부여하는 결과를 초래하였고, 나아가 이들이 한국의 지배 세력으로 군림하였다.

여수·순천 사건

1948년 10월 19일 전라남도 여수·순천 지역에서 일어난 국방경비대 제14연대 소속 군인들의 반란과 여기에 호응한 좌익 계열 시민들의 봉기가 유혈 진압된 사건이다(약칭 '여순사건'). 당시 여수에 주둔하고 있던 국방경비대 제14연대 소속 군인들이 반란을 일으키며 전라남도 동부 6개 군을 점거하였다. 이에 위기감을 느낀 정부는 대규모 진압군을 파견하여 일주일여 만에 전 지역을 수복하였으나, 그 과정에서 상당한 인명·재산 피해가 발생하였다. 그리고 이 사건을 계기로 정부에서는 '국가보안법' 제정과 강력한 숙군 조치를 단행하게 되었고, 결과적으로 이승만 대통령의 철권통치를 강화하는 계기가 되었다.

농지개혁법

1949년 6월 21일, 북한에서 농지를 무상 몰수하여 농민에게 무상 분배한 농지개혁이 실시됨에 대응하여, 대한민국에서도 농지개혁을 실시하기 위하여 제정된 법률이다. 대한민국은 북한과 같이 무상 몰수와 무상 분배는 허용되지 않아 소유자가 직접 경작하지 않는 농토(소작인이 경작하는 농토)에 한하여 정부가 5년 연부보상(年賦補償)을 조건으로 소유자로부터 유상 취득하여 농민에게 분배해 주고, 농민으로부터 5년 동안에 농산물로써 정부에 연부로 상환하게 하는 이른바 유상 몰수·유상 분배의 농지개혁법을 실시하였다.

국민보도연맹 사건

국민보도연맹(약칭 '보도연맹')은 1949년 4월 좌익 전향자를 계몽·지도하기 위해 조직된 관변단체이다. 하지만 한국전쟁 발발 후 1950년 6월 말부터 9월경까지 수만 명 이상의 국민보도연맹원이 군과 경찰에 의해 살해되었다.

김구 피살

민족의 지도자였던 백범 김구 선생이 1949년 6월 26일 서울 서대문 근처 거처인 경교장에서 육군 소위 안두희가 쏜 총에 피살되었다. 조국 광복을 위해 평생을 바친 73세 노 혁명가는 남한만의 단독 정부 수립에 반대하였으며 한반도 통일 정부 수립을 위해 노력하였다. 장례식은 국민장으로 거행됐으며, 유해는 효창 공원에 안장됐다. 암살자 안두희는 무기징역을 언도받았으나, 한국전쟁 발발과 함께 특사 조치로 석방돼 육군 중령으로 복귀하는 등 배후에 대한 의문은 풀리지 않았다.

한국전쟁

1950년 6월 25일 새벽에 북한 공산군이 남북 군사 분계선이던 38선 전역에 걸쳐 불법 남침함으로써 일어난 전쟁이다. 전쟁 초기 남한이 불리했으나 국제 연합군의 참전으로 10월 말경에는 압록강 지역까지 국토를 회복했다. 그러나 중공군의 개입으로 전쟁은 3년 1개월간 끌었으며, 1953년 지금의 휴전선을 경계로 휴전이 성립되었다.

조정래 대하소설
태백산맥 청소년판 7

초판 1쇄 2016년 11월 8일
초판 3쇄 2020년 12월 30일

원작 | 조정래
엮음 | 조호상
그림 | 김재홍
발행인 | 송영석

발행처 | (株)해냄출판사
등록번호 | 제10-229호
등록일자 | 1988년 5월 11일(설립일자 | 1983년 6월 24일)

04042 서울시 마포구 잔다리로 30 해냄빌딩 5·6층
대표전화 | 326-1600 **팩스** | 326-1624
홈페이지 | www.hainaim.com

ISBN 978-89-6574-607-2
ISBN 978-89-6574-611-9(세트)

이 도서의 국립중앙도서관 출판예정도서목록(CIP)은 서지정보유통지원시스템 홈페이지(http://seoji.nl.go.kr)와
국가자료공동목록시스템(http://www.nl.go.kr/kolisnet)에서 이용하실 수 있습니다.(CIP제어번호: CIP2016025425)